Las peripecias inéditas de Teofilus Jones

Sudaquia
editores
New York, NY.

Las peripecias inéditas de Teofilus Jones

Fedosy Santaella

Sudaquia Editores.
New York, NY.

Índice

LIBRO PRIMERO

A Tahiana, a Joaquín
y a Hugo, mi gato.

LIBRO PRIMERO

CAPÍTULO I

Donde el mismo Teofilus Jones se presenta, y se da inicio a esta singular hazaña

La mejor manera de defenderte es no parecerte a ellos.

Marco Aurelio

Aquí estoy, sentado la mañana de un día laboral en mi ridículo escritorio de policía burocrático del régimen Teocrático, Supremo y Soberano. En esta sala del piso diecisiete (17) de la estación central de policía, frente a dos (2) marcos de fotos con sus respectivas imágenes: uno encierra el rostro de mi frígida mujercita, sonriente con sus dientes de caballo, acechadora con su mirada deletérea; en el otro, la serena y al mismo tiempo severa expresión del Gran Barbado, Sacerdote de la Nación y Supremo Presidente.

Aquí, acalorado, jadeante en mi puesto después de haber trajinado cinco mil novecientoscincuentaysiete (5.957) escalones; y luego de haber tomado uno de los dos (2) miserables vasitos de agua permitidos durante las horas laborales.

Aquí, con mi barba abundante y con el cabello y el rostro engrasados de tantos escalones y de tantos días de baños a cuenta gotas, bueno nada más que para los trámites y los sellos.

Aquí, con las manos manchadas de tinta sobre el tapete de plástico; manos de largos dedos, huesudos, abominablemente torpes.

Aquí, con mi nariz superlativa.

Aquí pues, sentado, completo y vestido.

Llevo una camisa sepia, pantalones jibia, medias de color castaño y zapatos marrones. No calzo interiores; mi mujer no me los ha lavado, por negligencia y por falta de agua. La ropa es la misma que vengo usando hace un mes.

Aquí me tienes y así soy, flaco, huraño, incrédulo, de mirada huidiza y acobardada. Pero no me tengas compasión, no soy buena persona. Si te acercas sin miedo a mis ojos de rata hambrienta, si miras más allá, en la profundidad del iris, verás esa diminuta lumbre agazapada, verás mi odio.

No me gusta la gente, me detesto a mí mismo y disfruto complicando la vida de otros con mis laberintos burocráticos. Incluso hay veces que este placer de infligir dolor me lleva corriendo a los baños del piso a masturbarme. Lo hago sentado sobre el váter, con los pantalones por debajo de las rodillas, la mirada perdida en el techo, dándole a la mano con furia.

Lo hago, por ejemplo, luego de decirle al más sobrado que no acepto sobornos. Allí lo tengo, sentado al otro lado, sonriente, triunfador, confiado en que verá la palma de mi mano vuelta hacia arriba. Quiere que le dé un permiso para portar cortaúñas, una fe de honestidad, un registro de bienes, o que simplemente le tome una denuncia de robo de vehículo. Pero lo quiere todo rápido. Como todos. Así que me hace la propuesta, directa o indirectamente, cada quien tiene su estilo. Yo guardo silencio por un instante, alzo la mirada, dejo ver mi amplia frente, su brillo grasoso, muevo las comisuras de los labios, hacia los lados, ampliamente, muestro mis dientes, uno a uno, y entonces lo digo. Digo no. Cómo gozo al ver cómo se desvanece aquella sonrisita, el orgullo inútil de quien cree que el dinero lo arregla todo. Ahora sonrío yo, sí, y digo que no acepto dádivas, que no, que no y que no. «Caballero, usted debe seguir los pasos que le indico, usted debe realizar todos los trámites en el tiempo estipulado». Así hablo, mientras con mi mano deslizo la carpeta y la dejo cerca de la víctima. «Aquí están sus papeles, todavía faltan algunos asuntillos». ¡Oh, ya en ese momento tengo una poderosa erección y me estoy viendo en el baño, sacudiendo, sacudiendo las ansias de mi entrepierna!

Prefiero vivir en la miseria, prefiero ser un pobre idiota, a perderme momentos de gloria como esos. Como ves, esto nada tiene que ver con la honradez. Acá no estamos hablando de principios; mi honestidad es falsa, ni siquiera eso, mi honestidad no existe. Rechazo el dinero solamente porque me priva del goce supremo de la burocracia, esa fracción de poder que se nos ha dado a los clones sobre el resto de los seres humanos.

Ah, por si acaso: no me avergüenza llamarme clon. Eso soy, un «clon de la libertad». Hace años, cuando todavía había prensa, un intelectual de oficio, de esos que escribían en las páginas de opinión de los periódicos, acusó al Supremo Barbado de la Guerra de estar convirtiendo a los empleados del Estado en clones. Decía que nos estaban lavando el cerebro, que cada vez había menos libertad de expresión entre nosotros y no sé cuántas descalificaciones más. El articulito tuvo fama. Por acá y por allá se comentaba. Hubo una arremetida de humor viperino. Hasta sacaron algunas franelas alusivas. Recuerdo que alguna decía: «Ser *clon* es *cool*».

Un día, en una de sus acostumbradas alocuciones, el Supremo Sacerdote Presidencial se encargó del asunto. Siempre audaz, siempre desde su viveza campechana, dijo: «Claro que son clones, clones del alma. Allí, en el mero centro de su humanidad, todos son igualitos y llevan por dentro una sola idea: la Libertad. Es más, de ahora en adelante, eso serán: clones. Porque en su sangre, en sus genes, en su alma, llevan la Libertad». Así dijo y a los pocos días, en Gaceta Oficial, todos los empleados públicos, los soldados de la Nación, las amas de casa menores de 30 años y las amantes menores de 25 (conveniente, muy conveniente), fuimos decretados «clones». Clones de la libertad que nos da poder. Porque el poder es eso: libertad. Y yo tengo una cuota, esa que me convierte en tu mandamás, que me permite hacer que regreses una y otra vez a mí. Yo soy el laberinto, yo te pierdo, yo te desespero, yo te manipulo a mi antojo.

¡Ah, los sonrientes, los de los dedos fáciles y pródigos, esos son mis preferidos! A ellos los hago volver mil veces, llenar carpetas y planillas, comprar estampillas que no existen, pagar en bancos atiborrados de gente, sacarse fotos con fondos blancos, negros, azules, anaranjados, irisados. Por mí firman mil veces, y mil veces yo les digo que esa firma no es igual a la original, que esa firma varía en esta raya, en esta curvita, que no, que no es aceptable. Bajo mi mandato, deben volver a llenar planillas. La PG-21, la A-1, la B-12, la XXX-18, la R, la TP, la F-16, la AK-47, la C4, la UB40, la U-2, la UD3, la UD4, y todas las demás. No me importa si alguna vez fueron abogados, médicos o ingenieros pudientes. Hoy ya no lo son. Muchos de ellos quieren vivir de esas glorias pretéritas, y se van caminando por el centro de la avenida portando sus ridículas pajaritas. A esos los desprecio porque no terminan de bajarse de la maquinaria de nubes que sustenta su irrealidad. Yo también tuve un pasado, señores. Yo también tuve otra vida y la perdí; no pretendan seguir exhibiendo lo que no tienen y jamás volverán a tener. Lo mismo hago con los otros: los que ahora son lo que nunca soñaron ser; aquellos que siguen siendo pobres diablos. Los sobrinos, los primos, los ahijados, los compadres y los vecinos de los que están arriba y creen que lo pueden todo porque alguna vez jugaron trompo con el jefe. ¡Que vayan a quejarse con aquel que está demasiado ocupado metiendo la mano debajo de la falda de los bienes públicos! Cuando regresen, yo estaré sentado aquí, con la misma sonrisa, con un nuevo trámite en mente.

Ahora todos somos iguales, sí. En eso consiste la libertad, el Presidente Sacro Máximo lo ha dicho en cientos de oportunidades. Todos somos iguales, todos somos clones, clones de la Libertad. ¡Ah, qué hermoso todo lo que digo! ¡Ah, qué caliente, silencioso y encerradito es el cubículo del baño donde me masturbo cada mañana y cada tarde!

Debes creer que soy un enfermo, un acomplejado, un pobre imbécil a quien, en el fondo, le gustaría ser un policía de la calle. ¡Es muy cierto! No tengo sorpresas para ti. No guardo una chispa de originalidad. Soy todo un tópico, un cliché y un inepto, además. No duraría un día afuera.

Pero no soy el único aquí. A mi lado hay otros como yo. Nosotros, los clones de la burocracia estamos alineados y alienados en esta sala de la comisaría. A los lados, adelante, atrás. Yo estoy justo en el medio. Aquí es donde me gusta. Aquí donde nadie me ve, donde no resalto. Soy uno más que cumple con su trabajo: complicarle la existencia a todos.

Oigo a alguien pronunciar mi nombre en la puerta de la sala.

—¡Jones, Teófilo Jones!

Es mi jefe —o uno de mis tantos jefes—, asomado a la puerta de esta sala a la que los jefes apenas se asoman.

—¡Sí, señor!

Perrito de Pavlov, muñeco en su caja de resortes, reacciono, salto, me pongo de pie y milagrosamente no tiro al piso ni un papel, ni un bolígrafo, ni un clip. Me permito el arrojo de sonreír.

Imagino los minutos anteriores: el jefe, en Recursos In-humanos, pide la lista de clones, pone el dedo al azar y lee mi nombre: Teofilus Jones. Eso es todo.

—Lo quiero en mi oficina en cinco minutos.

—¡Sí, señor!

—¡Cinco minutos!

—¡Entendido, señor!

El jefe se esfuma y nos deja la bruma del cigarrillo que se fuma. Me quedo viendo y oliendo el humo de cigarrillo hasta que el humo también huye aburrido de hallarse entre nosotros. Entonces me siento y comienzo a mover las manos sobre la mesa con el fin de dejar el orden más ordenado aún.

Mi eficaz impericia no deja pasar la ocasión de tropezar una carpeta colmada de documentos que he estado pergeñando durante tres meses. La carpeta cae al piso, los papeles salen de recreo.

Mis compañeros sueltan risitas disimuladas sobre sus folios ordenados y pulcros. Yo sé que se burlan de mí porque tiré al piso la carpeta, porque tendré que volver a ordenar los papeles y no podré hacerlo desde ya porque debo apersonarme en la oficina del jefe en cinco minutos.

Dejar hojas regadas sobre el escritorio provoca en el clon una angustia abrumadora. Estamos programados para la inmediatez. Lo contrario, la postergación del oficio, genera en nosotros una serie de manifestaciones fisiológicas y psíquicas adversas: exceso de espinillas y de sudor, sobredosis de caspa, masturbaciones incesantes, nerviosismo traducido en el ataque dental y despiadado a las uñas, insomnio, desmayos, pérdida de datos fundamentales de la memoria, como por ejemplo, la dirección de la casa. ¡Terrible, demasiado terrible!

Salgo de la sala con los puños apretados y apretadas lágrimas en los ojos. Sobre mi espalda estallan las carcajadas de mis perversos compañeros. Ojalá y les cayera encima un batallón de elefantes africanos y pasaran todos al infierno, directo y de rodillas, con las nalgas al aire y bien dispuestas a recibir las embestidas eternas de los cancerberos del infierno y de sus ínclitos amos enfermos de lujurioso priapismo.

Poco dura la feria de los escarnios: un apagón la líquida. Se trata de uno de los tantos cortes de luz que suelen ocurrir durante el día y que tienen la finalidad de recordarnos que ya no llueve, que los embalses están secos y que el agua y la energía son ahora un privilegio que debemos agradecer a nuestro Magno Rector Presidencial.

A pesar de que tales apagones se han vuelto el sustituto del pan de cada día que alguna vez tuvimos, no terminamos de acostumbrarnos, de hacernos a la idea de que el mundo es una súbita intermitencia.

Cuando se apaga la luz es como si se nos apagara la vida. De allí que mis compañeros hayan dejado de reír.

Me detengo por unos instantes, me acostumbro a la penumbra y reanudo mis pasos por el pasillo, hacia las escaleras. Traspaso una puerta y me encuentro en un lugar todavía más oscuro. En la penumbra, comienzo a subir las escaleras.

Después de trajinar diez pisos llego a la oficina del jefe, recalentado, con sed, tragando saliva para mojar la garganta.

Una teoría de velas alumbra el lugar. Paso de largo junto al escritorio vacío de la asistente del jefe. Me pregunto dónde estará. Me parece que una sombra se mueve a mi derecha. Me detengo, y llamo:

—¿Señorita Ángela?

Nadie responde. Lástima, yo quería verla.

El jefe, que oyó mi voz, me llama a su vez.

—Agente, pase, pase inmediatamente —le oigo decir con amabilidad.

Apenas atravieso la puerta de su oficina vuelve la luz.

El despacho es el típico recinto gubernamental de nivel medio encerrado en dos paredes de yeso, adornadas con una pintura del Libertador de América, una foto de Sai Baba y otra de nuestro Sacro Presidente de la Suprema Teología.

El jefe está de espaldas, afanado sobre algo. Mozart o una armonía como las de Mozart empieza a sonar. (Amadeus siempre ha sido ideal para todo: para hacer el amor, para comenzar una conversación estéril, para calmar a los niños y a las bestias y para darte aires de culto aunque todo el mundo sepa que eres un burrazo). El jefe se da media vuelta y deja ver el aparato de CD. Me invita, todavía complaciente, a que me acerque un poco más.

Sospecho que tanta cordialidad y la música de Mozart se deben a la presencia del hombre distinguido que se encuentra sentado en el brillante sofá de cuero negro (el mueble pareciera haber sido pulido para la ocasión), con una copa de champaña en la mano, junto a una caja de cartón que no combina con todo aquel cuadro de refinamiento.

Al aproximarme al escritorio, el hombre elegante se pone de pie. Me mira de arriba abajo, luego voltea hacia el jefe, hace una afirmación con la cabeza y deja la copa de champaña sobre el escritorio. Se da media vuelta y pasa a mi lado. Tras él, el jefe ha quedado con la mano extendida.

Yo me limito a disfrutar, a ver cómo el jefe queda en ridículo frente a mí. Sé que dentro de unos instantes se desquitará conmigo, pero el tránsito de la ofensa será menos duro: tendré la imagen de su mano sin asidero, su cara de perro de aguas y la sonrisa perfecta del hombre elegante, su sonrisa veinte puntos, de embajada, de cóctel, de aire acondicionado.

El hombre elegante pasa a mi lado y por unos instantes me parece reconocerlo. El jefe también pasa a mi lado y se adelanta al hombre para abrirle la puerta.

Centro mi atención en el escritorio. Un escritorio enorme y desocupado. Apenas lo campean la copa de champaña, una carpeta vacía, un teléfono y un portarretratos con la foto de una mujer cuyos labios salidos apuntan hacia la puerta de entrada. La esposa del jefe, supongo. Una muchacha de cabello teñido de dorado, de raíces negras y maquillaje de sobra en el rostro. Me pregunto si la fotografiada será un clon doméstico, de los programados para el placer sexual y el servicio hogareño. Rosita Candelaria nunca pasó por ese proceso. Cuando todas las amas de casa (menores de 30) y las amantes (menores de 25) fueron declaradas clones y se les implementó un plan de entrenamiento, mi mujer ya había pasado por cinco años la edad requerida. Así que cero entrenamiento y cero clonación mental.

Mi mujer siguió (y sigue) siendo esa cosa frígida y peligrosa. Y yo un cenobita masturbatorio...

El jefe está de vuelta.

Aparto la vista de la foto y miro hacia el sofá. Me percato de que la caja sigue allí. El hombre elegante no se la llevó. ¿Y por qué habría de llevársela? ¿Qué haría un hombre tan fino con un objeto tan vulgar?

Presiento que la caja tiene que ver conmigo. Esa caja de cartón, sin características distintivas, de, más o menos, medio metro cuadrado y lo mismo de altura; esa caja común y corriente, se relaciona con mi destino inmediato.

El jefe le da a un botón del aparato reproductor y Mozart se va para otra parte más digna. El silencio se vuelve duro e inclemente como una pedrada en la cabeza.

Arrellanado en su silla, el jefe me mira con una sonrisa retorcida. Sabe que ya sé, ambos lo sabemos; no necesitamos palabras, con los ojos nos basta.

—Apreciado amigo, le acabamos de asignar una misión muy especial. —Yo me limito a asentir con la cabeza—. Una misión secretísima y que podría ser en extremo peligrosa —el jefe se inclina hacia delante y me señala con un dedo—. Sabemos que usted, cara de imbécil —su tono seguía siendo increíblemente amable—, no es el ideal para ella; así por lo menos lo pienso yo. Instancias superiores, sin embargo, han requerido que alguien con sus características; es decir: un pendejo como usted, se encargue del caso. En fin, todo sea por el deber, por el honor, por cumplir con la patria y con nuestro Supremo Patriarca.

Afirmo con la cabeza. El jefe vuelve sobre el espaldar, bosteza y mira a los lados, como buscando un nuevo entretenimiento, como para hacer algo diferente a estar frente a un idiota como yo.

—En fin, agarre la caja y váyase al carajo —embiste el jefe, ahora en un tono hostil—. Vamos, muévase...

Me acerco al brillante sofá de cuero negro, me inclino sobre la caja y la sujeto. Tanteo su peso. De pronto algo se mueve allí dentro. El jefe me está viendo entre divertido y fastidiado.

Termino de levantar la caja. Lo hago con un poco de dificultad. De un lado es más pesada. De pronto, su contenido se mueve. Algo realiza un pequeño círculo, acompañado de un quejido agudo, casi imperceptible.

Ya en la puerta, a punto de cerrarla, el jefe me grita:

—¡Ah, usted, Guillermo, Francisco, José... como carajos se llame! El nombre del gato es Hugo.

CAPÍTULO II

De la asistente que se parece a Bette Davis, y de lo ingrato que resulta el amor platónico

Esta vez la asistente del jefe sí se encuentra en su escritorio. La chica me gusta. Siempre la veo en el cafetín. Furtivamente la he detallado. Incluso he tenido sueños con ella. No puedo asegurar si la soñé porque me gusta, o si me gusta porque soñé con ella.

Sus ojos son grandes, saltones, severos y penetrantes. Si no fuera por esos ojos su rostro inspiraría ternura. Sin embargo, no deja de tener una cara interesante, por extraña. Me recuerda a la lejana Bette Davis.

Ángela aparta la mirada de sus carpetas. Es evidente que va a mirarme. Me siento tentado a cerrar los ojos para no encontrarme con los de ella. Pero si lo hago estaría actuando como un rotundo cretino y nadie con un mínimo de sensatez desea que el primer acercamiento a la mujer de sus sueños quede marcado con una imagen tan ridícula.

No bajo los párpados y me aguanto.

—¿Agente, conoce el contenido de la caja?

—¿Un gato?

—Exactamente, un gato, un felino, uno de esos animalitos prohibidos.

—¿El gato es del jefe?

—No, peor aún, es de la esposa del Ministro de Defensa. Y usted está encargado de cuidarlo por un tiempo indefinido.

—Pero, pero yo... Yo no sé nada de gatos...

Ángela abre la primera gaveta del escritorio y saca un sobre con un contenido grueso.

—Aquí están sus instrucciones; léalas, trate de seguirlas al pie de la letra y procure hacer su trabajo lo mejor posible.

Se pone de pie y coloca la carpeta sobre la caja. Se me queda viendo inmutable, como tratando de leer algo en mí... o también... como coqueteándome. ¿Acaso he visto el asomo de una sonrisa cómplice en sus labios? ¡Sería mucho pedir!

Los roedores de la timidez devoraron mi lengua y una gran cantidad de neuronas; pero el cerebro, esa bestia encarcelada y narcisa, siempre encuentra recursos para escaparse al mundo. De repente me pongo a silbar una vieja canción pop de Kim Carnes que habla sobre los ojos de Bette Davis.

And she'll tease you
She'll unease you
All the better just to please you
She's precocious
And she knows just
What it takes to make a pro blush
All the boys think she's a spy
She's got Bette Davis eyes

¡Sin duda, la bestia es poderosa y sorprendente! Aquella canción la habré escuchado un par de veces en mi infancia, y ya para entonces era tonada añeja. Recuerdo que papá la tenía en una recopilación en pasta de grandes *hits* de los ochenta, decenio aquel en el que mi padre todavía no había llegado al segundo decenio de edad. Que en paz descanse, por cierto, mi señor padre. Murió antes de las lluvias, de un infarto. Pero sigamos...

¿Cómo puede la mente, este animal inextricable, hurgar en sus profundidades y sacar a flote un acetato polvoriento y rayado? Nadie sabe lo que se esconde en el corazón de un hombre, menos aún en los abismos de su psique. Pero estas fugas absurdas son cualquier cosa. No tardo en darme cuenta de que a mi boca, sensibilizada con tanta añoranza, se le aflojan las comisuras y vienen a moverse sin permiso alguno de mi voluntad con el saldo fatal de la formulación de una pregunta sin mi consentimiento, allí, parado frente a la hermosa Ángela de mis puritanos desvelos.

—¿Cómo? —dice sobresaltada.

—Le preguntaba que si usted es una espía... —digo yo en un arranque de torpe simpatía. ¡Dios, qué estupidez estoy haciendo! Ahora tengo que enmendarme de alguna manera, explicar—: Bueno, quiero decir que yo estaba pensando que usted se parece a Bette Davis, ¿sabe?, una famosa actriz de otros tiempos. Se parece por los ojos saltones. ¡No, no, perdón, saltones sí, pero bonitos! Y entonces, entonces me puse a recordar una canción que se llama «Bette Davis Eyes». La canción habla de una mujer fascinante y misteriosa, tanto que parece una espí...

—¡No lo diga otra vez! —gruñe, señalando mi nariz con un dedo—. Si alguien por casualidad lo escuchara, tenga por seguro que mañana habría otra persona en mi puesto; y yo, sólo saben los dioses dónde estaría.

—Disculpe, no quise...

—¡Suficiente! Ahora mismo se va para su casa. Le asignamos una patrulla para que lo lleve. Pregunte en el lote por el detective Gómez; él ya tiene la caja de las necesidades fisiológicas, los recipientes de comida, una bolsa de arena y otra de comida para gatos. No salga hasta nuevo aviso. Esté pendiente que de un momento a otro llegará a su edificio, bien custodiado por soldados clones, un camión cisterna. Estaremos mandándole agua hasta el fin de su misión. Si sus vecinos le preguntan por qué tanta agua, usted dice que se ganó una rifa en la oficina. Si tiene problemas con ellos, nos avisa para mandarle un comando. No malgaste el agua, mire que importarla es costosísimo. Mucho menos se le ocurra venderla. Debe usarla sólo para los cuidados del gato: para darle de beber, lavar su caja y sus recipientes de agua y de comida. No lo bañe, ellos se bañan solos con su propia saliva. El resto de las instrucciones las tiene en el sobre. Por cierto, llame antes de que se le acabe la comida al gato, no le haga pasar hambre. De salida tiene permiso de usar el ascensor. Ya la elevadorista está avisada.

Me da la espalda y regresa a su escritorio. Una vez en su puesto, fija toda su atención en las carpetas. Yo doy media vuelta y empiezo a caminar hacia la salida. De pronto, su voz me detiene:

—Agente Jones.

—¿Sí? —digo sin darme vuelta.

—¿Cómo sabe mi nombre?

—¿Perdón?

—Mi nombre, escuché que lo pronunció cuando llegó al piso, cuando estaban las luces apagadas. Dijo mi nombre, dijo «Ángela».

—Sí.

—¿Sí qué?

—Sí, dije su nombre.

—Ya sé que dijo mi nombre, lo que quiero saber es cómo lo sabe.

Entonces se me ocurre una respuesta perfecta, maravillosa, sublime, y me veo girando la cabeza hasta colocar mi barbilla a escasos centímetros de mi hombro derecho, sonriendo con malicia, con ojos brillantes y agudos. Después de verme, de imaginarme cada detalle, procedo a realizar los movimientos imaginados y a dar la respuesta fenomenal:

—Soy policía, ¿recuerda?

No digo más y me le quedo viendo de reojo. Su bolígrafo cae sobre el escritorio. Lo hace en cámara lenta y rebota varias veces, haciendo un sonido metálico con eco descomunal.

—Tiene razón, Jones, tiene razón —dice con una sonrisa. ¿Acaso me coquetea otra vez?

—Claro que la tengo —digo, y ya empiezo a pensar que la cosa se está poniendo un poco ridícula y lugar común, cuando no incómoda y difícil de controlar; pero me gusta, ¿por qué no habría de gustarme? Y más cuando ella cierra con broche de oro:

—Jones, quizá vaya yo misma a su casa a ver cómo anda su misión.

—Como quiera —respondo y mal simulo un rictus socarrón.

` No quedamos en silencio por unos segundos. Ya no la miro de lado, como el bribón conquistador que hace unos segundos fui; ahora estoy cabizbajo y no sé qué hacer con mi cuerpo. ¿Qué haría Humphrey Bogart, qué haría el duro de Bogart haciendo de Sam Spade?

Ella rompe el silencio:

—Bien, agente, siga en lo suyo.

Yo suspiro aliviado, muevo la cabeza en signo afirmativo y sigo mi camino. Nervioso, con temblequeo en las piernas, pero seguro de que no voy a dar un mal paso, pues nada puede bajarme de la nube que me transporta.

CAPÍTULO III

Interludio elevado y triunfal

Ven, mira cómo funciona la gran máquina. Ven, conoce un poco a la bestia dentro de la que vivo y de la que me alimento.

Aquí, como en la mayoría de los edificios gubernamentales, el ascensor es de uso exclusivo de los jefes. El descarado abuso de poder lo justifica un argumento absurdo basado en un estudio de una página y media —la media es una lista de firmas de expertos en la materia— que descubrió la urgencia de los jefes por acudir a reuniones en las oficinas de cualquiera de los ministros. Así, para economizar energía y viendo la presión constante del trabajo y de la vida moderna a que se ven sometidos los jefes, sólo ellos han de usar el ascensor. Los demás tenemos que usar las escaleras.

Te podrás imaginar la cara de algunos de mis compañeros de piso cuando vieron el ascensor abrirse y a este servidor salir de lo más orondo.

Como es de esperar, el chisme de oficina, el hijo más raudo de Hermes, se me anticipa a la sala, y ahora todos me miran boquiabiertos mientras yo voy caminando entre los escritorios. Salí humillado, pero regreso en la gloria. Más aún cuando me vean recoger mis cosas y salir de nuevo, así, hinchado, presuntuoso.

Llego a mi escritorio y recojo mi vianda. En vista de que se me ha asignado como misión el resguardo de la integridad de un ser vivo, apelo a la última gaveta de mi escritorio, donde me ha aguardado desde siempre, a la espera de una misión como ésta, mi brillante y pulcra arma de reglamento, amparada en su funda sobaquera. Me coloco el preciado estuche alrededor del hombro, cargo de nuevo la caja y camino hacia la puerta.

Ahí va Teofilus Jones, el conquistador de la diva, el castigador de la secretaria pretenciosa.

Ahí va, el guardián de la ley, el hombre de acción, tan *hardboiled* como Philip Marlowe o Sam Spade, con el agregado de ser tan profundo y deductivo como Holmes, Poirot y el Padre Brown. El clon, sí, el clon de cinco grandes detectives, cinco en uno solo.

Ahí va, con su mirada inteligente y su arma de reglamento bajo el brazo, sin chaqueta, sin guayabera, sin chaleco antibalas, con el pecho expuesto a los peligros del mundo.

Ahí va, el inefable Jones, con una importantísima misión secreta.

Ahí va, y se le nota que es un tipo duro de matar.

Atrás quedan los papeles revueltos sobre el escritorio, la silla vacía y las caras de estupefacción de mis otrora crueles compañeros de trabajo, inútiles burócratas acomplejados.

¡Qué distinta es la vida de este lado!

CAPÍTULO IV

Donde se habla de lo de afuera y de lo de adentro

Afuera, el pie sucio del pordiosero, la boca del huele pega, la cicatriz del delincuente, el hierro de boca caliente bajo la camisa, las trenzas de ébano de la indígena, el toldo en la acera, el tarantín, el ventorrillo, el kiosco, las zapatillas de goma, la ropa de contrabando, la fritanga, los dedos manchados de marihuana del neohippie, la boca elástica de la muy sexy sacerdotisa de Bastet montada sobre un taburete proclamando la llegada de un redentor que traerá las lluvias, los pies de los monjes de la Basura Sagrada bailando su danza bajo el ritmo de unos tobos de plástico, la Biblia maltrecha del neoevangélico, los mil libritos de todos los cultos aceptados y refrendados por el Ministerio para la Nueva Era del Pueblo Soberano, los afiches del Presidente Sacerdote vestido de Presidente Sacerdote, el Almanaque de las Adivinaciones de Hermes Trimesgisto Pérez, el Tabaco de la Prosperidad de Hassad el fumón, el Sostén Doblegador de Hombres de la Gitana de las Tetas Enormes y Proféticas, el Bastón Sanador de las Tres Brujas Choretas, La Bolsita de Terciopelo Castrante del Gran Caballero Hermafrodita, el Perfume de Feromonas del Santo Cachón, el aromatizante Yo Domino a mi Hombre, el polvo legítimo Amansa Guapos y el polvo oscuro de la Quinta Maldición, el jabón Tapa Boca para los chismes y las malas habladurías, el aceite del Odio, el aerosol Saca lo Malo, la loción del Jorobado Humillador, las estatuillas y las estampitas de todos los santos, los baños dulces, los baños salados, la pepa de zamuro, los relicarios, los péndulos, las runas, los huesos, las piedras energéticas, el anillo del Atlante, la cruz de Thor, talismanes en general y más, mucho más, pase compre, que cura para todos hay...

Acá adentro, en el asiento trasero de la patrulla, la caja y yo. En el espejo retrovisor, separado por una reja por la cual una bala cabe fácilmente, la mirada hostil del detective Gómez. Pobre hombre, no sabe que, gracias a mi misión súper secreta, estoy facultado para abrirle un hueco humeante en la frente, sin mayores consecuencias que la de hacer un reporte de tres líneas, y eso es mucho. Por su propio bien no le voy a seguir el jueguito. Mejor me concentro en la misión.

Todavía no he abierto la caja. Es conveniente empezar por las instrucciones. Un clon burócrata como yo es amante de los manuales, las instrucciones y los procedimientos...

¡Ah, qué carajos, abramos la caja!

Lentamente, eso sí, con mucho cuidado, manteniendo distancia...

Allí, ocupando casi todo el espacio interior, acurrucado y, sin embargo, majestuoso, un felpudo de largas hebras grisáceas me mira desde sus bigotes, desde su hocico corto, desde sus orejas triangulares, desde su par de ojos azules, enormes, estrictos. Es como si me mirara por completo, como si me sintiera con todo su cuerpo.

El felpudo, colérico, abre la boca y me enseña sus pequeños pero filosos dientes. Cierro la caja; siento, desde dentro, un golpe sobre la cubierta y escucho un sonido sibilante y agresivo. Ese gato con cara de samurai enturbiado no está de buen humor.

Me arrepiento: debí de haber empezado por el libro. *El cuidado de su gatico Persa Himalayo*, así se llama.

CAPÍTULO V

Del sitio de residencia de Jones y algunos detalles de su vida

El sitio donde vivo se lo debo a mis padres por una parte, y al gobierno por otra.

El apartamento lo compraron mis progenitores cuando me vine a la capital a estudiar Letras, cuando aún el gobierno no me había impuesto una vida. Aunque suene absurdo o irónico, esa lamentable exigencia me permitió seguir viviendo en mi propia casa, y eso se lo agradezco al gobierno.

En aquellos tiempos me afanaba en la lectura de las novelas detectivescas. Me había cargado a Collins, a Simenon, a Chesterton, a Conan Doyle, a la Christie, a Hammett y a Chandler. Estas eran mis lecturas independientes y principales, porque nada de aquello encontré en una escuela de Letras donde sólo se leían novelas costumbristas y poesía de místicos poetas.

A veces pienso que esta pequeña decepción estudiantil y la soterrada rebelión de mi espíritu contra la estulticia, me facilitaron la transformación y me ayudaron a instalarme en mi nueva vida sin mayores inconvenientes.

Recuerdo el día en que comenzó el cambio. Fue a los dos años de la llegada del Excelso Guerrillero. Recuerdo al hombre barbado (yo aún no usaba barba), mostrándome el carné al otro lado de la reja del apartamento. Debajo de su foto podía leerse: «Delegado Investigador y Asignador de Oficios y Profesiones Revolucionarias del Circuito Segundo Subalterno de las Circunscripción Novena del Municipio Tercero».

Lo dejé pasar. El hombre empezó a interrogarme. Al escuchar mi respuesta a la tercera pregunta (que solicitaba mi oficio y/o/u ocupación), exclamó complacido y malicioso:

—¡Aaaah, tú estudias Letras, pajarito! Pues te vamos a dar un montón de letras para que trabajes con ellas.

Me entregó un formulario de ingreso a la Academia de Policía y yo lo llené sin chistar. Entonces le tenía un miedo terrible a la cara de hastío y a los malos modales de los burócratas —ya lo superé, claro está, ahora soy uno de ellos.

A la mañana siguiente me encontraba de pie, haciendo fila en medio del inclemente patio de la Academia Policial. Los superiores gritaban a diestra y siniestra. Los recién llegados, firmes y en varias filas, nos mirábamos con desconfianza y temor.

Allí estuvimos por más de una hora, y nadie nos decía nada. Vimos pasar a trote a un batallón de estudiantes agotados y sudorosos. Las órdenes y los improperios venían de todos los flancos. A los lejos se escuchaban torrenciales disparos. Un efectivo que pasó a mi lado me soltó a viva voz: «¡Ay, carajita, con ese cabello largo no vas a llegar muy lejos!».

Finalmente apareció un sargento y nos fue llamando uno a uno. Algunos pasábamos al lado izquierdo y otros al derecho. Quedé del lado de los más desgarbados, los cuatro ojos, los de aspecto más penoso y comeflor. Imaginé entonces una cámara de gas, unas calderas ardientes.

Con cuatro ladridos, otro sargento nos guió al interior de un edificio penumbroso. Fuimos llevados por un largo pasillo mudo y con sabor a hierros oxidados hasta un salón idéntico al que después fue mi oficina. Me sentaron en un escritorio idéntico al que después fue mi escritorio y me entregaron un documento. «Léelo, búscale defectos, invéntate nuevos trámites, y no lo apruebes hasta que hayas llenado de papeles por lo menos dos carpetas». Todos mis temores se disiparon. No había cámara de gas y se me alejaba del sol inclemente. No estaba tan mal la Academia de Policía.

Me dediqué a hacer mis tareas lo mejor posible y sin quejarme. Prefería el papeleo a los deportes, al orden cerrado, a las carreras de relevos, a los campos de entrenamiento y a los polígonos de tiro. En tres años me volví experto en burocracia al servicio de la policía. Después, cuando El Unánime Benefactor lo decretó, fui un clon. Un clon burócrata en regla, con barba, con uniforme, con las manos largas, con pequeños ojos de hurón, malhumorado y de nuevo virgen (sí, se puede volver a ser virgen), y luego monje y después santo. Santo por causas ajenas a mi voluntad, aunque si pensamos en Rosita Candelaria, la mujer con quien por derecho y deber tendría que yacer en lecho, pues entonces podría decir que soy célibe y anacoreta por elección, por voluntad propia.

Hace siglos que no toco a Rosita Candelaria con el pétalo de una rosa, ni muchos menos con el tallo de mi cosa. Y pensar que alguna vez tuvimos sexo desenfrenado, que alguna vez sus tetas me volvieron loco. Porque eso fue lo primero que le vi: las tetas. Aún hoy día son notables. Hay tardes en que sueño con ellas, algunas noches también, mas debo tener cuidado, mucho, porque al más mínimo descuido se me convierten en pesadillas, en bichos con colmillos que sólo anhelan arrancarme todo lo que de mi cuerpo sobresalga. Pero sí, primero fueron sus tetas. Dos dedos índices y gigantes que me acusaban, que me decían «Epa, ¿tú qué miras?», y que al mismo tiempo, descaradas y contradictorias, se exhibían en el escote, gustosas, apretadas, convertidas en labios mayores de una estrecha abertura. Además tenían ese movimiento leve, sinuoso, pausado, como de quien baila enamorado y pegado bajo el gemido de alguna tonadilla romántica que premedita el futuro lascivo que ya avizoran el frote de la hebilla, el calor en la oreja y las turgencias. ¡Cuántas locuras digo! Estoy que salgo corriendo al baño. Pero no, sigo. Sigo hablando de la Rosita Candelaria que fue y que ya no es.

Era secretaria, por supuesto, todas son secretarias al principio. Un día la vi caminando por el pasillo. Me apuntaba con sus gordotes dedos índices, y yo me le fui encima... Bueno, más que írmele encima la tropecé por andar mirando aquel par de malvaviscos convertidos en dedos apuntadores. Menos mal que no había café, ni carpetas, ni nada de eso. Sólo fue un tropezón y una sonrisa. Una sonrisa, hermano, una sonrisa.

¿Qué me vio? No sé. Las secretarias jóvenes, las que están empezando, andan muy perdidas. Le pelan el diente a todo el mundo. Rosita Candelaria se equivocó. Vio a un policía donde debió de haber visto a un pobre burócrata policial, a un hombre con placa demasiado pulida, demasiado brillante. Las nuevas ignoran que un verdadero policía, un policía de calle, es dueño de una placa gastada, vieja, corrida en mil calles, sacada mil veces frente a los rostros de los delincuentes más variados y horrendos del planeta. Rosita Candelaria se deslumbró, literalmente, con el brillo de mi placa de policía de oficina que nunca ha mordido el polvo ni el asfalto. Ella fue coqueta, se dio por completo. Yo no dude en contarle la verdad. ¿Por qué no habría de hacerlo? Yo estaba —y estoy— orgulloso de lo que hago. Es mi placer, mi vicio. Así que, en nuestra primera cita, de una vez por todas, le conté. Yo no era un durísimo policía de la calle, pero esgrimía mis historias burocráticas con arte épico. Les ponía principio, fin, argumento, rigor, intensidad, intriga y hasta ficción. Y ella fascinada, enceguecida por mi pirotecnia. Yo era su héroe burocrático, yo era su inteligente y perverso policía de oficina que le calentaba el vientre con el calor de sus historias.

Fue tan insoportable el incendio que terminó quitándose las ropas y abriendo las piernas en la tercera cita. Bombero de sus urgencias, acudí a su auxilio, usé todos los líquidos disponibles en mi cuerpo y la rescaté al borde del delirio orgásmico. Fuimos felices por un tiempo... Hasta que nos casamos... Allí se acaba todo, hermano.

Pronto descubrí que había caído en una trampa. De la noche a la mañana mis historias dejaron de importarle, selló sus apetitos con un cinturón de castidad mental y se convirtió en Santa Rosita Candelaria de las Peluquerías. De la noche a la mañana apareció con copete rojo, se le hincharon los labios, empezó a hablar con una verborrea incontenible y se le cayeron las tetas. Esa era ella, ella de verdad. Un día entendí qué había ocurrido: Rosita Candelaria había descubierto en mí algo más importante que una placa fulgente: había descubierto a su Perfecto Idiota, y al descubrirlo, al atraparlo a través del matrimonio, dejó caer todos los disfraces de seducción y se mostró tal cual era: una verdadera y absoluta arpía del averno.

Todas las mujeres del mundo andan a la búsqueda de su Perfecto Idiota. El Perfecto Idiota es un requisito, una tarea que hacer, un objeto que adquirir en la gran tienda por departamentos que es la vida de una mujer. El Perfecto Idiota es el culpable de todo lo que le acontece a ella: su culpabilidad palpita en la tubería rota, en el bombillo quemado, en el despotismo del jefe, en la uña quebrada, en los kilos de más y en el cabello quemado. El Perfecto Idiota calla en público y en privado, y mueve la cabeza afirmativamente («sí mi amor sí mi amor sí mi amor»). El Perfecto Idiota va a la zaga, por lo menos cinco pasos atrás. El Perfecto Idiota no puede ver pornos y se baja los pantalones sólo cuando se le ordena, algo así como una vez al año (si acaso). El Perfecto Idiota ve televisión (deportes, preferiblemente) mientras ella está en la peluquería o con el futuro idiota de otra, es decir, con un idiota más joven, inocente y aún atractivo. El Perfecto Idiota no se divorcia y, sobre todo, debe morirse primero.

Yo, por supuesto, me convertí en el Perfecto Idiota de Santa Rosita Candelaria de las Peluquerías, y desde entonces nos odiamos por mutuo acuerdo.

¿Pero de qué me quejo? Todo clon burócrata es el Perfecto Idiota de algún clon secretarial. En el examen «anual laboral» que te hacen en alguna parte de las superestructuras gubernamentales, entre las tantas preguntas de rigor, hay una que reza: «¿El clon es el Perfecto Idiota de su mujer?». El funcionario evaluador asignado a tu persona debe poner una equis en el SÍ o en el NO, y luego sumar. Mientras más respuestas afirmativas tengas, mejor clon eres. ¿El clon baja la mirada cuando ve a un jefe? ¿El clon jamás se queja de nada? ¿El clon come en la oficina? ¿El clon ríe a carcajadas los chistes de sus superiores? Quién sabe si algún día hasta te manden una carta de felicitaciones. Y más nada, eso sí, porque ser clon es un honor, porque ser un Perfecto Idiota también es un honor, porque llevar a cabo con excelencia el oficio asignado por el gobierno es otro gran honor, y porque el más grande honor es no tener honor ni dignidad.

Agradecido he de estar y no debo quejarme tanto. Soy un policía burocrático que no suda en la calle y, muy importante, mi casa sigue siendo mi casa. Es decir, gracias a los pequeños privilegios que tenemos los clones burócratas, yo aún vivo en el edificio Los Ilustres, apartamento 7-A.

Alguna vez, al lado, vivió una pareja de abogados portugueses muy amables y respetables; al frente, un italiano con aspecto de patán, pero muy simpático, y su venerable *mamma* en silla de ruedas. La llegada del Invicto Guerrero y, para rematar, la sequía infinita, los obligó a marcharse a Portugal y a Italia respectivamente. Ahora, tales apartamentos están ocupados por dos prolíficas familias de «reubicados» que trajeron unos camiones militares. El edificio, la urbanización toda, está copada de «reubicados», trabajadores y familiares de trabajadores del gobierno que otrora vivieran en zonas de menor categoría.

Algunos edificios han llegado a convertirse en campos sitiados por la delincuencia. Hasta ahora, «Los Ilustres» se ha librado del azote. Quizás porque el edificio era nuevo para aquel entonces y los «reubicados» que aquí llegaron tenían cierto nivel, ciertas dignas pretensiones.

Aún se puede subir con tranquilidad los siete pisos, sin temor a conseguir un par de delincuentes exigiéndote peaje a punta de navaja.

Lógicamente, el tiempo ha ido resquebrajando la cáscara, y no es raro encontrarse un borracho dormido, un grupito de adolescentes fumando quién sabe qué porquerías, niños desnudos jugando con sus desechos naturales y otros obstáculos tales como pañales y toallas sanitarias de misión ya cumplida, botellas de todo tipo, escupitajos, vómitos, zapatos y sandalias pasados al retiro, y alguna que otra colchoneta oportuna para los amantes furtivos.

De piso en piso se conoce un registro de ruidos atroces y cotidianos: orquestas infernales de sartenes y cubiertos, el eterno carnaval de los televisores, improvisaciones musicales con charrascas, cencerros y tambores, disputas iracundas, ladridos de perros, golpes de piedras de dominó, risotadas masculinas maceradas en alcohol, atroces golpes contra las paredes, llantos de niños, llantos de mujeres, alaridos escalofriantes de género y raza desconocidos.

De los olores me reservo una descripción que terminaría por lanzarme al pozo sin fondo de la náusea.

Todo esto, no obstante, no deja de ser un patrón normal, aceptable en comparación con otros edificios.

Llego más que exhausto. No es para menos: afané siete pisos y cargué yo solo con la vianda, la caja de cartón, la otra caja de plástico tipo bañera, la bolsa de arena y otra bolsa con dos recipientes también plásticos. El tal Gómez no se dignó a prestar el servicio de ayuda correspondiente. «Yo sólo vine a traerte», gruñó sin bajarse de la patrulla. Está bien, ya lo pondré en el reporte.

Rosita Candelaria no se encuentra. Se sabe porque el silencio es el amo y señor de la casa, y no ella y las manifestaciones sonoras de su alma estridente.

¡Ah, mi mujer, la intocable! Gracias ella he desarrollado una imaginación poderosa que me ha llevado a vivir increíbles aventuras sexuales en lejanas carpas, en medio de los más exuberantes oasis, rodeado de decenas de mujeres deliciosas y complacientes. Por las noches, sólo tengo que esperar a que ella se duerma para ponerme a volar papagayo, para alzar el vuelo...

Dejo la caja sobre el sofá de la sala y me voy directo a la cocina. Busco un vaso en el fregadero, abro la nevera y me sirvo agua. Me lo bebo todo y me sirvo otro vaso; luego otro. Total, más tarde voy a tener agua en abundancia.

Giro la llave del lavaplatos. No sé por qué lo hago. Me quedó viendo el grifo seco y la batea seca. Tengo en mi mente la imagen del camión cisterna dando la vuelta en la esquina, entrando en mi calle. Atrás viene un convoy militar. En las ventanas están las caras de la gente; sus caras pálidas, resecas, deshidratadas, cansadas de tanta penuria, intentando odiar sin éxito, ensayando a sentir algo más allá del vacío en el estómago y de la sed.

Regreso a la sala. Me siento a un lado de la caja y empiezo a apartar las tapas. Me pregunto por qué al gato de la esposa del Ministro de Defensa lo habrán metido en una caja y no en una jaula lujosa, o en un porta gatos (si tal objeto existe). Muy sencillo, Teofilus: ¡para no despertar sospechas!

El gato me está mirando con un gesto de desamparo que parte el alma y también los huesos. Comienzo a voltear el hueco de la caja hacia el otro puesto de este sofá de tres puestos. Cuando el hueco se convierte en una puerta hacia el campo acolchado, me pongo de pie y me alejó un par de pasos. Quiero que el gato no tenga temor de salir, y a la vez me cuido de estar a salvo de sus colmillos y garras. Pero el gato no se mueve. Lo llamo por su nombre, bajito, susurrando, como para darle confianza.

—Hugo, Hugo, ven, Huguito, ven gatito, ven, Hugo, Huguitito...

Nada sucede.

Busco en el libro la explicación. Leo en las primeras páginas que el persa himalayo es un gato de naturaleza tímida.

No es suficiente. El libro no me satisface. Es inconcebible que no contemple los procedimientos a seguir en caso de que un gato esté renuente a salir de su refugio. ¿Cómo se le puede dar una misión secreta a un agente con una guía de procedimientos tan inútil? Yo he realizado manuales, largos, extensos, agotadores, y en ellos he considerado todos los posibles problemas y todas las posibles soluciones. El estéril manual se merece que lo arroje a un lado con desdén. Y eso hago.

Me acuerdo de Ángela, de sus palabras, de su promesa de venir acá. Ya no la siento tan cercana a mis puritanos desvelos ni a mi amor platónico de hace unas horas. Ahora ella me llama desde el harén donde satisfago mis fantasías. Ahora la siento en la piel. La sangre bombea con fuerza. Se me olvida el manual, el camión militar y las caras ajadas de los vecinos. Mejor me voy al cuarto a ponerme un shorcito y a tirarme en la cama.

CAPÍTULO VI

Conjunto abigarrado que contiene cuatro declaraciones y notas para un reporte

En ese espejo se podría pescar tu vida.

Guillermo Meneses

*-... y si no te portas bien ahora mismo
—añadió—, te voy a meter en la casa
del espejo. ¿Te gustaría eso?*

Lewis Carroll

Declaración de retro, el retrovisor de la patrulla

Bueno, caballero, debo decirle, muy sinceramente, que Gómez y Jones se odiaron desde el primer momento; y disculpe, yo soy así, sincerísimo de entrada, en la mitad y al final. Nada me guardo. Alguno podría considerarme un bocazas, pero en realidad soy un enamorado de las palabras, ¿sabe? Me gustan las palabras, usarlas, saborearlas...

Como le iba diciendo acá en esta franca conversa nuestra que tenemos a bien establecer, la cosa entre Gómez y Jones fue animadversión mutua y tácitamente pactada. Las acciones posteriores del agente Gómez sólo se explican por algún desperfecto en su cabeza, por un daño congénito en su alma clónica que lo llevó a odiar, aún más que a Jones, al Líder Egregio y a toda su obra política, económica y humanitaria. Algo raro había en él. ¿O será mejor decir que algo raro «hay» en él? Porque dicen que está vivo, ¿no? Que está lejos, escondido, y vivo.

Pero hay más, y de sobra. Si bien todos le conocían por ese pésimo trato humano, pues sepa que nuestro agente, en la intimidad intravenosa, era sensible y sumamente inocentón, casi un niño. Juro haberlo visto atragantándose una caja entera de exquisitos chocolates al tiempo que se devoraba una colección de cuentos de Edgar Allan

Poe que encontró hace años en una escena del crimen. Con las mujeres era enamoradizo y tímido hasta el meollo substancial del tuétano; aunque igual, gracias a los silencios y las miradas tristonas, terminaba montándoles un ágape tumultuoso en la parte de atrás de la patrulla, *umbiculus mundi* del que yo tenía una muy buena panorámica y del que disfrutaba ampliamente y con permiso de mi exjefe. Tuvo sus mujeres, pero le duraban poco. Porque en verdad Gómez era un hombre solitario que no sabía vivir con la humanidad, mucho menos en pareja. Esto último lo hacía sufrir tremendamente.

¿Ve? Algo no estaba bien. Gómez era huraño con la gente, inseguro con las damas, pero a solas, en el encierro de la patrulla, hablaba como un loquito. Y no en su mente, no; hablaba en voz alta, y mucho. Sobre todo a mí. Hasta me puso nombre, yo era «Retro», el retrovisor.

Sus monólogos casi siempre giraban en torno a los mismos temas. Me hablaba de dejar la ciudad, de comprarse una casita en la playa y dedicarse a la pesca; de buscarse una mujer y hacerle vástagos a montón. Me decía que las mujeres de la metrópolis no servían ni para tres cuartos de abono orgánico, y que ya estaba harto de tanta delincuencia, de tanta teología ecléctica y sin sentido. Sí, disculpe, pero esas eran las opiniones más íntimas del agente Gómez. No le extrañe entonces todo lo que después hizo, a pesar incluso del aborrecimiento que le tenía al agente Jones. Un clon descompuesto, eso era Gómez. Y bueno, caballero, yo soy un simple espejo, nada podía hacer cuando lo escuchaba decir: «Ya todo se fue a la mierda, Retro». Así solía decirme para luego poner la cinta de los grandes éxitos de Nino Bravo y lanzarse a cantar a todo dar por la autopista solitaria de la madrugada. Era bastante ridículo el hombre, y no le quepa duda de que esta ridiculez era parte de ese desperfecto clónico. Desperfecto que lo llevaba a cantar a todo dar temas de Nino Bravo, pero también a odiar al Gran Presidente y todo lo que tuviera que ver con su sistema de gobierno. Y vuelvo a pedirle de nuevo que disculpe la sinceridad, caballero; sé que usted también es clon y creyente fiel de todo lo que ha hecho el Sabio Benefactor, pero Gómez odiaba a los clones burócratas. «Son unos imbéciles», me decía entre dientes cuando los veía pasar de una acera a la otra mientras esperaba la luz verde del semáforo, con el pie en el acelerador, azuzando el motor, que rugía, rugía y espantaba a los clones burócratas que volteaban a mirarlo indignados de poder y enfurecidos de impotencia. Sólo el desperfecto de su espíritu, su odio soterrado hacia el bien general que nos trajo el Glorioso Conductor de los Destinos Patrios, justifica lo que hizo después. De eso no debe cabernos duda.

Ahora, al tarambana de Jones era la segunda vez que lo visualizaba en escena. O eso creo, porque todos estos clones de oficina son igualitos (usted, que es clon de la calle lo sabe, ¿o no?). La supuesta primera vez tuvo lugar hace unos meses, cuando lo vi pegando la cara y las manos a los vidrios de la patrulla para observar mejor su interior. Antes de empañar el cristal con su aliento de bocota abierta y su respiración de nariz quevediana, lo vi suspirar con cara de añoranza. Me causó mucha gracia ese tipo feo, desagradable, patético.

La segunda vez fue aquel día en que se apareció con la caja misteriosa, el arma de reglamento bajo el brazo y aquellos aires de gran varón. Se veía ridículo, daba risa; provocaba darle un lepe por pedante.

Gómez estaba que le lanzaba dos carajazos (uno por mí, otro por él); pero se aguantó. Se le había ordenado llevar a Jones hasta su casa, sano y salvo, y Gómez, a pesar de lo que ya le he dicho, era un hombre de órdenes y con gran sentido de responsabilidad. Eso sí, nada de esto le impidió apretar el volante hasta que los dedos se le pusieron blancos cuando Jones se le sentó en la parta trasera de la patrulla, a la cual, aunque estaba diseñada para transportar delincuentes, el otro pretendió darle uso de limusina de multimillonario nariz respingada. ¡Estaba como loquito con eso de la misión!

Gómez apretaba el volante, como si del cuello de Jones se tratara, y le lanzaba miradas de incendio a través de mí. Esas miradas abrasivas de Gómez son difíciles de soportar, caballero; pero ése es mi trabajo, yo soy Retro, el espejo retrovisor. De todos modos, mi atención no era para Gómez, sino para Teofilus Jones.

Ajeno a la descarga protónica del policía, el clon burócrata se dedicaba en piel y entrañas a la caja. Allá, en la enrejada privacidad del asiento trasero, había vuelto a ser el mismo que una vez yo viera con la cara pegada al vidrio: el clon que se inclinaba con temor sobre la caja y la abría lentamente mientras su rostro se iba sumiendo en la fealdad del idiota asustado y perplejo, para luego cerrarla súbitamente y dedicarse a la lectura del libro. Pobrecito, le digo.

Vi a Jones repasar con cuidado las páginas con la esperanza de encontrar algún mensaje cifrado que le iluminara la vida. Pero él sabía, desde la primera página, que no había nada. Aún sin aceptar que su trabajo se limitaba a los cuidados del gato, fue bajando la cabeza. En sus sienes sombrías ya quedaba claro que la ilusión y el orgullo se habían desvanecido.

A paso de vieja con bastón, la patrulla se movilizaba por las calles de una ciudad abigarrada. Cansado del tráfico y del gentío, Gómez incrustó la sirena en los oídos de una muchedumbre que se fue apartando con pesadez, sin ganas, como un gran lagarto malhumorado que obedece a regañadientes. La patrulla comenzó a avanzar entonces con parsimoniosa dificultad. La avenida era larga y el cruce hacia la autopista sólo era posible diez esquinas más adelante.

Entre esa última esquina y la patrulla, un estallido impuso su presencia.

Los edificios se sacudieron, las ventanas reventaron y el gran lagarto humano empezó a sacudir su cola en todas las direcciones. Sobre la patrulla cayeron algunos fragmentos de cualquier cosa. Jones pegó un grito de mujer histérica y Gómez mentó la madre e hizo sonar otra vez la sirena. El intento fue fallido; delante de la patrulla, la gente corría despavorida en todas las direcciones. El movimiento se anulaba a sí mismo y se convertía en masa aglutinante.

Quince minutos más tarde, la patrulla empezó a avanzar con lentitud de hombre engrillado y famélico. Ahora la maraña de curiosos era un bloque compacto que se negaba a perder su puesto de observación.

Más adelante, unos oficiales intentaban darle sentido y fluidez al mundo. Cuando la cara de un colega quedó enmarcada en la ventana de la patrulla, Gómez inquirió por lo acontecido.

El efectivo, con efectiva, efervescente y eficiente labia laboral, informó que había ocurrido otro atentado terrorista, que habían estallado un camión bomba contra una de las sedes del Banco del Soberano Neonacional. El colega no tenía conocimiento exacto del número de muertos, pero podía asegurar que en el sitio no quedaba un empleado con vida. Gómez farfulló unos cuantos improperios y le pidió colaboración al efectivo para salir cuanto antes del atolladero. El colega llamó a un par de agentes motorizados y los hizo ir delante de la patrulla. Así, nuestro vehículo se deslizó como pez en el agua fuera de la zona del siniestro.

Aunque la autopista estaba más despejada, el detective dejó la sirena encendida. La patrulla fue pasando de un canal a otro, esquivando, apartando carros a una velocidad aproximada de noventa kilómetros por hora, que era lo máximo que daba el perol automotor.

Gómez por fin empezaba a sentirse bien, sabroso, suave, tranquilo. El viento soplaba en su cara y pensó en poner a Nino Bravo, pero luego recapacitó; no quería quedar en evidencia frente al otro.

Atrás, ese otro, es decir, el agente Jones no era más que un muñeco humillado, un maniquí desnudo, una marioneta gubernamental. Por unas horas, había pretendido que no lo era, pero ya lo había vislumbrado: su misión no era otra que la de cuidar a un gato, nada más, nada menos.

Para aquel momento, ni él, ni su jefe ni todos aquellos poderes involucrados sospechaban que el asunto se complicaría y que las cosas irían más allá, mucho más allá.

Declaración del espejo del cuarto de Jones

(ZZZZZZZZZZZZZZ...)

¿Ah...? ¿Perdón...?

Eeeeh, sí señor agente...

Ajá...

...Disculpe, ocurre que hace tiempo no veo acción, y paso muchas horas de aburrimiento, o dormido... Soy el espejo del cuarto de Jones, no podía esperarse otra cosa de mí...

Eeeeeh...

Ajá, me pregunta por aquella tarde, sí...

...Bueno, Jones se había venido para acá y estaba en la cama... Se rascaba la entrepierna, estaba en interiores... Sí, y quizá contemplaba hacer algo más, ayudado por la fantasía de Ángela en el apartamento, por la imagen de su cuerpo provocativo (el de ella), abierto y desenfadado... Sí, seguramente pensaba en poner a trabajar la mano, usted sabe... Yo he tenido que ver esas cosas todos estos años... El oficio del solitario ocioso, sí... Porque la señora Rosita Candelaria, nada de nada... Nunca dos pares de nalgas se conocieron tanto como las de Jones y las de Rosita Candelaria... Esas eran las mejores amigas de tanto que aquellos dos se daban las espaldas... Sí...

Sí...

Sí...

(ZZZZZZZZZZZ...)

¿Ah...? ¿Por dónde íbamos...?

Ajá...

...Jones, sí...

...Jones ya iba a hacer esa cosa fea que hace en solitario... Y digo fea no porque soy moralista ni un fundamentalista religioso... digo fea, porque si Jones, con los pantalones puestos, resultaba una persona para nada agraciada, sin pantalones y sacudiendo la carne enhiesta no le quiero contar... Todo un oprobio a la estética, señor detective, le digo... Todo un oprobio, sí... Y yo sin poder cerrar los ojos... Imagínese... Un espejo no puede cerrar sus ojos... Si lo hiciera, provocaría un cataclismo... El fin del mundo acontecería... Sí...

Sí...

Sí...

(ZZZZZZZZZZZZ...)

¿Ah...? ¿Perdón?

Ajá...

Sí, sigo, sí...

...Total que Jones estaba a punto ya de hacer aquello, cuando el felino se subió a la cama... Allí, justo al borde, con sus cuatro patas ocultas bajo la alfombra de pelos que era su cuerpo y con su larga cola inquieta en toda su plenitud... El detective pegó un brinco y lanzó un gritito sordo... Atónito, jadeante, se quedó viendo al gato, quien a su vez lo miraba resuelto y ceñudo, con las orejas plegadas hacia atrás... Sí...

Sí...

Sí...

(ZZZZZZZZZZ...)

¿Ah...? Ajá...

...Nuestro hombre hizo un suave movimiento de manos hacia el animal pero, a pesar de su delicadeza, el gato saltó fuera de la cama cual brisa furtiva...

Ay, una brisa... una brisita...

La brisita de las tardes que tanto sueño me da...

Sí...

Sí...

(ZZZZZZZZZZ...)

¿Ah...?

Ajá, perdón...

...Jones también se apartó del colchón, sí, y se agachó a mirar bajo la cama... El gato se había atrincherado en el rincón más oscuro e inaccesible de aquel sótano king size...

El detective empezó a llamar al felino por su nombre, con carantoñas dichas en tono de payasito de fiesta... El animal se pegaba aún más a la pared y producía unos sonidos indescriptibles que hubiesen espantado hasta a un encantador de serpientes... Pero de nada servían los melindres de Jones, y él tampoco se atrevía a acometer un agarrón y sacar el gato a la fuerza...

Entonces sonó el timbre del apartamento... Sí...

Sí...

Sí...

No, no me voy a dormir otra vez, se lo juro...

Ajá, sigo...

...Jones ya se enfilaba hacia la puerta del cuarto cuando el gato salió y se interpuso en su camino... El detective se paralizó... No sabía qué hacer... El gato comenzó a restregarse contra sus piernas; él sonrió con una sonrisa boba, tierna, conmovida, y se fue agachando con mucho cuidado, llamando al gato por su nombre... El felino se dejó caer en sus manos... Se dejó caer y él lo sujetó con firmeza... Sí...

El timbre volvió a sonar...

Jones salió del cuarto con el gato en los brazos...

Después, hubo silencio, una conversación que no alcancé a escuchar y al final, todo fue un tropel de disparos y de objetos que se quebraban... Sí...

Sí...

Así fue...

Sí...

Sí...

¿Ya puedo...?

¿Ya?

¿Sí?

Okay...

No se preocupe, yo duermo con los ojos abiertos.

(ZZZZZZZZZZZZZZZZZZZZZZZZZZZZ...)

Declaración del ojo mágico de la puerta

Bueno, tanto como ver, no sé. Mi vista nunca ha sido muy buena. Le puedo decir lo que escuché, porque tengo una memoria auditiva excelente, y recuerdo las conversaciones con gran detalle. Pero claro, algo vi, soy el ojo de la puerta, y lo que creo que vi del lado de afuera de la puerta fue una cabezota oligofrénica dueña de una calva inmensa y un lunar preponderante en el centro de una frente encogida, que daba paso a unos ojos inmensos y pintorreados, una nariz raquítica y una boquita fina como herida cicatrizada.

Del lado de adentro, Jones y el gato eran una mancha de colores. Esto fue lo que escuché:

—¿Sí, diga?

—Hermano, vengo a venderte unos inciensos.

—No me gustan los inciensos, me parecen pavosos.

—Hermano, vengo a darte un mensaje.

—No quiero oír mensajes religiosos, gracias.

—Vengo a darte un mensaje del jefe.

—No me interesa saber de gurús ni de jefes espirituales.

—Agente, el mensaje es de su jefe —dijo la cabeza oligofrénica ya en un tono severo y autoritario.

—¿Cómo dice?

—¿No se percató de que no había instrucciones en el libro?

—¡No sé de qué habla! —mintió Jones.

—Le estoy diciendo que traigo un mensaje del jefe —insistió autoritario el otro.

—Sí, pero...

—Las instrucciones de la misión las traigo yo.

Hubo un momento de silencio, tras el cual la puerta se abrió.

—¡Pendejo! —escuché que decía la voz que pertenecía a la cabeza oligofrénica. Luego irrumpió un tumulto de manchas que dio paso a un pandemonio de ruidos que la verdad no sabría decir... Ya le dije, yo no veo muy bien, pero para escuchar soy muy bueno... Tengo una memoria auditiva excelente, y esto es todo.

Notas para un reporte policial que jamás existió

Lunes. 2:20 PM

Dejé a Teofilus Jones, el custodiado en cuestión, frente a su casa, el edificio Los Ilustres, en la urbanización Monte Albania.

2:21 PM

Sospecho de la situación. Siempre sospecho de todas las situaciones. Es mi deber. Movilizo la patrulla hasta la esquina, bajo las ramas escuálidas y sin hojas de un árbol que da una sombra más o menos útil. Enciendo un cigarrillo.

2:22 PM

Estoy haciendo las notas para mi reporte. De un tiempo para acá me fastidia un poco escribirlas. Me gusta más pensar, el pensamiento es más libre. Esto, obviamente, no irá en el reporte. No hay nada menos libre que un reporte.

2:25 PM

Una van presuntamente sospechosa se estaciona frente al edificio Los Ilustres.

2:26 PM

Un hombre se baja de la camioneta. Blanco, caucásico, de unos treinta y cuatro años, calvo, aunque adornado con un colita de cabellos que le parte del centro de la región occipital hasta la nuca. Su vestimenta es extraña, como de monje hindú. El hombre toca el intercomunicador. Dice algo al aparato. Empuja la reja, entra al edificio.

2:27 PM

Apago el cigarrillo.

2:30 PM

De la camioneta presuntamente sospechosa baja un grupo de presuntos sospechosos también vestidos de monjes hindúes. Caminan acompasados, como un solo ser. Me es difícil establecer su número. Van armados. Entran al edificio sin mayor problema. Está claro que el presunto sospechoso que los precedió les dejó la reja abierta. Me percato de que han dejado al chofer en la van.

2:34 PM

Me bajo de la patrulla. Me desplazo por la acera de enfrente. Voy con las manos en los bolsillos, silbando. Entro en el conocimiento de que el chofer de la camioneta se está fumando un cigarrillo. Cruzo la calle, aún con las manos en los bolsillos. Ya no silbo. Me acerco con sigilo a la camioneta, meto la mano por la ventana, agarro de la nuca al presunto sospechoso y empujo su cabeza contra el volante. Lo golpeo contra dicha circunferencia unas tres veces, hasta dejarlo inconsciente. Abro la puerta de la camioneta y lo esposo. Le leo sus derechos. Aunque esté desmayado hay que leérselos. También decomiso su radio transmisor y el cigarrillo. Los arrojo al piso. El cigarrillo rueda unos centímetros y se queda echando humo sobre el pavimento. Del aparato de radio se desprenden algunos pedazos. Lo aplastó con el tacón del zapato derecho. Se desprenden más pedazos. Ahora sí está completamente inutilizado.

2:37 PM

Me percato de que la reja de entrada al edificio Los Ilustres está cerrada. Pienso por unos instantes la salida a este conflicto.

2:39 PM

Llamo al apartamento de la conserje. Su voz hastiada pregunta de mala gana quién es (el mensaje de fondo: ¿quién carajos se atreve a molestar?). Le digo que soy el lechero. Escucho el zumbido que indica que la señora ha librado el mecanismo de seguridad de la reja. No pienso que ella sea una presunta sospechosa. Como toda conserje, le abre a todo el mundo para que la dejen en paz, sin sospechar siquiera de un lechero... Porque, en este lado del mundo, los lecheros no existen.

2:41 PM

Subo las escaleras. No sé en qué piso vive el efectivo Jones. Estoy seguro de que lo averiguaré pronto.

2:45 PM

Entre el piso seis y el siete me topo con las espaldas del comando de monjes hindúes. Espero tras ellos. Inmediatamente el presunto sospechoso comando hindú se moviliza. Una vez que desaparece de mi vista sigo hasta el piso siete. Me percato de que los monjes han entrado al apartamento 7-A. No cerraron la puerta completamente. Voy a poder entrar sin problemas.

2:46 PM

Entro disparando y lo primero que me encuentro es al efectivo Teofilus Jones en shorcitos, franelas y medias. Lleva un gato en su regazo, no porta armas. Empujo a un monje que está a su lado apuntándolo con un rifle, y sujeto a Jones del brazo mientras sigo disparando. Me lanzó contra los monjes más cercanos. Caemos encima de ellos. Los otros monjes comienzan a disparar. Vuelan virutas, trozos de ladrillo, cartón y yeso. Hay humo blanco-grisáceo por todas partes. Los monjes que están bajo nuestra humanidad, confundidos por los disparos de sus compinches, también disparan hacia el vacío blanco-grisáceo. En un dos por tres salto con Jones y el gato hacia un sofá. Allí se encuentran dos monjes. Los golpeo con mi arma y los dejo fuera servicio. Luego brinco hacia otros tres que no se han dado cuenta de nuestro desplazamiento. Ellos siguen disparando hacia el sitio donde dimos el primer salto. Todo es muy confuso, el humo nos protege. Pasamos por detrás de estos monjes, llegamos a la puerta y salimos. Adentro, continúan los disparos.

2:46 PM con 20 segundos

Bajamos las escalaras. Salimos a la calle. El chofer de la van, ya despierto pero esposado al volante, nos grita improperios que no vienen al caso. Nos montamos en la patrulla. Partimos. Arriba se oye el tiroteo. En el pavimento, el cigarrillo aplastado por los cauchos de la patrulla da un último suspiro.

2:48 PM

Vamos por la vía. Tengo la seguridad de que nadie nos sigue. Sin embargo, acelero al máximo, o hasta lo que da la patrulla: noventa kilómetros por hora.

2:50 PM

Le pregunto al efectivo Jones de qué se trata todo aquel asunto. Teofilus Jones me responde que no sabe; cree que quizás los acontecimientos se relacionen con el gato que lleva en su regazo. El animal en cuestión tiene por nombre Hugo, y le fue asignado a su cuidado en la comandancia. Se trata de una misión secreta de la que no puede hablar. Yo lo insto con firmeza y autoridad a que me lo cuente todo. Si no estoy enterado, no puedo ayudarlo. Se niega a hablar.

3:55 PM

Llegamos a la casa de Alain Charleori, viejo amigo e informante de mi persona. Su casa es refugio ideal para dejar pasar el tiempo mientras se calman las cosas y pienso en algo.

Declaraciones de Rosita Candelaria, esposa de Jones

Bueno, le cuento que cuando entré al edificio sentí ese olor raro; ese olor raro sentí, síííí. Era un olor gris y agresivo que me impregnó las fosas nasales. Como el cobarde de Teofilus nunca llevó una pistola a la casa ni disparó ni jamás le sentí ese olor en las manos pues yo no sabía a qué olía la pólvora; a pólvora yo no sabía que olía, noooo. Además en ese edificio hay tantos olores asquerosos que le digo que esa gente que vive en ese edificio sí que es bien sucia; bien sucia sí que es, síííí. Bueno, como le vengo diciendo, señor oficial, yo nunca había olido la pólvora, así que seguí subiendo, pensando que aquel era el olor de alguna droga que estaban preparando en algún apartamento. Eso sí, cuando me encontraba dos pisos más abajo del siete, es decir en el cinco, empecé a notar un polvo blanco que ocupaba todo el espacio; todo el espacio ocupaba un polvo como blanco, síííí. Entonces pensé que algo raro estaba pasando, pero en el edificio, no en mi apartamento. ¿Cómo iba a estar pasando algo en el apartamento de un policía idiota como mi marido, el Teofilus Jones que ahora mientan jefe de yo no sé qué resistencia? ¡Ojalá y lo agarren, porque ese pelafustán sí que no es héroe de nada, y además, aquí las cosas están muy bien; muy bien están, síííí!

En fin, señor oficial, pensé que algo raro se estaba tramando en el apartamento del tipejo del 6C, ese que tiene fama de narcotraficante; de narcotraficante tiene fama, síííí. Creí que estaba procesando cocaína o qué sé yo qué drogas, porque de drogas no sé nada, noooo.

Ya para cuando me encontraba subiendo la escalera que da al piso siete, la visión era totalmente nula. Mire, eso era polvo y más polvo y ese olor intenso, fuerte, como ácido, que luego supe que es el olor de la pólvora. Yo iba con las manos por adelante y, apenas caminé un poquito, me encontré con esos delincuentes; con esos delincuentes me encontré, síííí. No supe qué hacer, me quedé ahí tiesa, señor; tiesa me quedé. Eran unos hombres vestidos como de monjes de esos de la India pero armados, mire usted; armados estaban, síííí. Uno de ellos me agarró por un brazo y me preguntó quién era yo. Le dije que era la esposa del agente de policía Teofilus Jones (pensé que en ese caso era de provecho sacar a relucir la profesión del imbécil, ¿me explico?) Entonces el hombre me agarró por el otro brazo y me lo tiró para atrás bien duro y me dijo «usted se viene con nosotros». Le pregunté qué por qué y él me dijo que porque era la esposa de Teofilus Jones y me iban a usar para cambiarme por el gato. Le dije que nosotros no teníamos ni gatos ni perros que nos ladraran porque estaban prohibidos y todo lo demás y él me dijo que mi esposo sí tenía gato, y que era uno muy importante. Yo me asusté mucho; mucho me asusté, síííí, y empecé a gritar como una loca, a pedir auxilio; así como en las películas yo gritaba «¡Auxilio, auxilio!»; como en las películas yo gritaba, síííí. Por supuesto que nadie salió a ayudarme, quién iba a salir, si en ese edificio lo que hay es un montón de delincuentes como esos que estaban vestidos de monjes de la India. Entonces yo no sé, creo que me pusieron un forro de almohada en la cabeza o algo así. Yo empecé a patalear y a gritar muy fuerte, y de repente no supe más, porque me golpearon con algo en la cabeza y me desmayé; me desmayé, síííí, me desmayé.

Pero esos pobres muchachos no sabían con quién se habían metido; no sabían, noooo; porque yo le digo que la gente dice que yo soy esto y lo otro; yo sé lo que la gente dice de mí, que si yo hablo mucho, que me repito demasiado y que soy una pulga, y digo pulga por no decir otra cosa, que soy toda una dama muy educada que no dice groserías. Yo sé lo que dicen, sí, lo sé muy bien y le digo que tan equivocados no están; no están tan equivocados, noooooo.

CAPÍTULO VI

Aquí Jones nos presenta a Alain Charleori, y con esto basta

Voy a empezar a vivir, (porque tengo), muy poco que decir.

Andrés Calamaro

El viejo está tirado sobre la sombra de una mata, una cerveza en una mano y un cigarrillo en otra. Se da cuenta de que lo estoy mirando, alza la cerveza, sonríe y me grita algo que suena a joda de bribón y que seguramente tenga que ver con nuestra caminata a la orilla de la playa. Yo le devuelvo el saludo alzando la mano. El mar me moja los pies. Coño, sí, es un poco cursi esto de ir caminando junto a Gómez, pero se siente bien.

—Hoy día agradezco haber llegado donde Alain —digo.

Gómez sonríe. Seguimos caminando cada cual con sus recuerdos. Yo me voy con la imagen de aquella montaña, la subida, las curvas, el cambio de clima, la brisa... Sigo ese camino, por ahí me voy, por la carretera de Los Trekes.

Después de varios kilómetros, cruzamos a mano derecha. Más adelante entramos en un paisaje despoblado. La carretera corría ahora junto a un gran valle pedregoso y seco, alguna vez, antes de la sequía, verde y neblinoso.

Más adelante cruzamos a la izquierda por una subida asfaltada con varias curvas tortuosas para luego empezar a descender en línea recta por un camino de tierra rodeado de árboles caídos y máquinas indefinibles, abandonadas, devoradas por la herrumbre.

Luego de unos quince minutos llegamos frente a un portón de hierro. Agazapado y tenso, indagué hostil:

—¿Qué hacemos aquí?

—Tranquilo —rezongó Gómez.

—¿Quién vive aquí? —insistí.

Gómez se revolvió inquieto en el asiento.

—Alain Charleori, un tipo de fiar —respondió de mala gana y volvió a tocar corneta. Nadie se asomó por la rendija ni por la puerta auxiliar, pero el portón comenzó a desplazarse hacia un lado, ocultándose tras la pared. Poco a poco nos fue mostrando una figura pequeña, flaca y doblada, que mostraba una vitalidad desconcertante bajo una piel apretada como un caparazón. Se trataba de Alain Charleori, un carcamán belga con cara de cuervo y cuyo prontuario de vida era más o menos el siguiente: combatiente en Vietnam, mercenario en el Congo, capitán de altura de todos los mares, chef de cocina francesa y, para aquel momento, contrabandista de cualquier cosa que le pusieran por delante, en especial armas. Esto lo supe después; aunque igual, en el primer momento, me llené de espanto y admiración. Tres factores tuvieron que ver con mi estado de ánimo.

En primer lugar, el viejo no llevaba barba, como nosotros, como todos los hombres con edad para llevar barba en el país. La piel en su rostro era como un pergamino petrificado que ha sobrevivido miles de años, incendios, derrumbes, batallas, lluvias, polvaredas y botellas de licor derramadas sobre su superficie.

En segundo lugar, su casa también me causó una gran impresión. Con una botella de vodka en la mano, Alain Charleori nos invitaba a pasar al jardín de su estrambótica residencia, una estructura semi-construida, de una sola planta, con vigas sobre el techo y a todo lo largo y ancho del jardín. Cabillas como insólita hierba, paredes sin pintar y obra limpia de ladrillo gris completaban la escena. Pensé que la casa y el dueño eran iguales.

Para finalizar con las sorpresas, el viejo nos recibió rodeado de perros. Sí, tenía una jauría de más de diez perros, allá, lejos de los ojos del todopoderoso gobierno. Desde hacía por lo menos doce años yo no veía tantos canes juntos.

—¿Esa vaina, qué coño haces aquí, no joda? —soltó Alain Charleori con voz estertórea de sal marina, cigarrillos y trasnochos ebrios; una voz de acento indefinible, conveniente o encubierta, conformada de entonaciones alemanas, rusas, holandesas, italianas, francesas, inglesas y sabe Dios de qué otros idiomas. También era evidente que era del tipo de extranjero que se siente más del terruño y en contacto con los naturales, si exhibe a diestra y siniestra su amplio conocimiento de las malas palabras vernáculas.

—Venimos huyendo y no te digo mucho más —gruñó Gómez al tiempo que nos bajábamos de la patrulla.

—Bueno, coño, una pregunta apenas, no joda —se quejó Charleori con el cigarrillo colgado de la dura cicatriz de guerra que es su boca.

—Dime —dijo Gómez, ahora ligeramente animado, gustoso de aquel juego de bribones.

—¿Quién es este pendejo medio desnudo con un gato peludo y maricón?

—Eso mismo: un pendejo. Se llama Teofilus Jones, y al gato, trátalo bien, que es importante.

—*Bon*, al gato sí, ¿pero a él?

—Como te dé la gana.

Charleori dejó escapar una risa que sonó a revuelta de tornillos y tuercas dentro de una caja de herramientas sacudida con violencia en medio de una tormenta tropical. Después se acercó, cerca, muy cerca de mi cara, así encorvado, con el cigarrillo en la boca, así con esa mano-garra de cuervo, y me apretó una mejilla, con mucho cuidado, sin causarme dolor, al tiempo que me miraba más cerca aún, con esos ojos alucinados de veterano de guerra, de marinero borrachón, de cocinero gruñón.

—*Mon ami, ¿comment il te va?*

Trastabillé unos pasos hacia atrás, apretando a Hugo contra mi pecho. El gato, que por cierto, se había comportado a la altura de la situación, se mostró inquieto y soltó un bufido amenazador hacia el viejo y sus mascotas. Yo lo escuché bufar y lo apreté con más fuerza. El gato volvió a bufar y lanzó un chillido lastimero; yo me di cuenta de que le estaba haciendo daño y alivié la presión; el gato se movió inquieto y yo volví a apretar por temor a que se me escapara; entonces el gato chilló y yo lo apreté otra vez... Esta situación se repitió unas seis veces, hasta que sentí las uñas de Hugo en mis brazos y en mi pecho. Hice presión en una medida que consideré justa y no me quejé de los rasguños para no causar mayores alteraciones.

Gómez vio todo aquel incómodo trance con Hugo y el carcamán belga y no hizo nada. Sus facciones eran una piedra inexpresiva (típico de las piedras), pero sus ojos brillaban y saltaban de malicioso contento. Disfrutaba la escena fumando un cigarrillo con profundo regodeo.

De pronto, Alain se quedó quieto. Me pareció que se había apagado, como un camión destartalado al que se le hubiese acabado la gasolina. Se quedó viéndome, echando humo azul y oscilando el cuerpo hacia adelante y hacia atrás, cual marino que nunca termina de acostumbrarse a andar en tierra.

Los perros de Alain, agazapados tras su amo, no paraban de gruñirme. De un momento a otro se me iban a lanzar encima. Gómez también se dio cuenta de la situación canina y por fin hizo algo. Su cuerpo cambió de posición, entró como en un estado de tensión dinámica (si me permite Charles Atlas el término), se agachó un poco y colocó las manos hacia adelante. Su cuello se estiraba lentamente hacia su desconectado amigo belga.

—Alain, creo que a tus perros no les gusta Jones —dijo con mucho cuidado, como calibrando cada palabra.

—*Oui*, y a los perros tampoco les gusta el gato. Todo el mundo sabe que a los perros no les gustan los gatos.

Gómez se interpuso, con mucho sigilo, entre Alain y sus perros, y el gato y yo.

—Se me había olvidado tal ley natural después de tantos años sin mascotas. Pero creo que deberíamos hacer algo para evitar males mayores —dijo Gómez muy sosegado, poco a poco, como si le estuviera hablando a los perros.

Alain se me quedó viendo como extrañado, como si no hubiese entendido ni un ápice de lo que Gómez le acababa de decir en español.

—Alain, en la escuela no me enseñaron francés —insistió Gómez, mientras Charleori se echaba un trago de vodka (o de la gasolina necesaria para arrancar el motor). Cuando terminó de tomarse el prolongado trago de combustible, me volvió a echar un vistazo mientras se saboreaba gustoso.

—¡Aaaaah, qué buena está esta vaina, coño, no joda!

—Hablemos de tus perros —volvió a la carga Gómez.

—¡Coño, sí, carajo, ya los meto en el patio de atrás y se acabó toda la vaina!

El viejo dio media vuelta y llamó a los perros.

—Por cierto —comentó Gómez—, tú y Jones tienen, más o menos, la misma contextura. Préstale un pantalón y unas sandalias... al idiota este...

Sin duda, el calificativo final había sido agregado para dejar en claro que su interés por mí obedecía a los gajes del oficio y no a la piedad o a una remota simpatía hacia mi persona.

—¡Coño, marico! ¿No quieres el culo también? —soltó el viejo.

Gómez no respondió y Alain se llevó a sus perros con la promesa de un plato lleno de la misma vodka que se derramaba a chorritos con el bamboleo del amo, no sabría decir si de borracho o de marinero en tierra.

Yo me quedé ahí parado sin saber qué hacer. Gómez, como si yo no existiera, sacó su libreta y se puso a escribir.

Unos minutos después, el belga volvió sin los perros ni la botella, pero con un par de zapatos viejos y un pantalón desteñido de color indefinible que alguna vez pudo haber sido azul.

—*Bon*, aquí tienes lo que me pediste —le dijo a Gómez y me incrustó en el pecho el calzado y el pantalón.

El viejo dio vuelta y caminó hacia una destartalada mesa de hierro franqueada por unas sillas de jardín. Nos fuimos tras él.

Gómez se sentó de inmediato y yo me quedé de pie, sin saber qué hacer con el gato y las ropas. El agente tiró la colilla de cigarrillo y me ofreció su ayuda estirando los brazos hacia el gato. Dudé unos segundos. Quise decir algo desagradable y negar la ayuda. Pero me contuve, ya las cosas estaban bastante mal como para empeorarlas. Le pasé el gato con gesto de gran desconfianza.

Mientras me vestía, noté que Hugo no me quitaba la mirada. Era como si quisiera volver a mi regazo. Pensé que quizás entre aquella cosa peluda y yo se había establecido un vínculo fuerte y bueno. No habíamos convivido mucho. No obstante, algo había cambiado cuando, en mi apartamento, el gato salió de debajo de la cama y me pidió su atención con sus ojos ya no de samurai colérico, sino de niño predestinado, puro y compasivo. Fue como si mi propia alma me hubiera estado mirando, como si mi soplo vital me hubiera dicho: «Pobre Teofilus, en lo que te has convertido». Luego vino el ataque, la escapatoria, nuestra llegada, Alain Charleori, los perros; y todo ese tiempo yo había estado tomándolo bajo mi cuidado, sin mayor problema, como si hubiera sido de mi propiedad toda la vida. O quizás era al revés: más bien ahí había estado él, protegiéndome, como un talismán. No sé. Entre el gato y yo se había establecido un vínculo, sin palabras, sin condiciones, y eso era definitivo.

Ya sentado y calzado (los zapatos me iban a la perfección), pedí de vuelta a mi gato. Alain, que había estado en silencio y de pie observando la escena, se atrevió por fin a terciar en los aconteceres del núcleo familiar:

—¡Ay, qué bello todo! —Unas risas con gorgoteos de chatarras perturbaron su boca. Luego nos preguntó si queríamos tomar algo. Gómez respondió que lo mismo que él estaba tomando.

—Coño, como ves, nada, pero ya vuelvo —respondió el viejo.

Yo me mantenía incrustado en la silla, rígido con el gato contra el pecho. Ahora que ya se habían unido todas mis partes, empecé a preocuparme. ¿Este par se dedicaría a tomar y a emborracharse mientras unos monjes armados estaban tras nuestra huella? ¿Por qué no volvíamos a la comandancia o llamábamos al jefe y le dábamos el parte de guerra? ¿Qué hacíamos en la casa de un viejo orate y borracho, infractor de todas las leyes habidas y por haber?

Gómez pareció adivinar mis pensamientos.

—No te preocupes, cariño, todo va a salir bien. Alain está un poco loco pero, ya te lo dije, es de fiar.

—Eso espero —dije con un hilo de voz atrapado en la garganta.

Alain regresó con una botella de whisky, tres vasos y una hielera repleta de cubitos de hielo.

—¿Hielo? —pregunté con un tono mucho más alto que evidentemente obedecía a mi sorpresa.

En las neveras de nuestros hogares el hielo estaba prohibido (por la escasez del agua, claro). Incluso, una vez a la semana, comisiones formadas por representantes revolucionarios (gustosamente yo pertenecía a una en mi edificio), revisaban las neveras de todos los ciudadanos a la búsqueda de los cubitos antirrevolucionarios.

Aquello era un sacrilegio, un horror, una falta de respeto y consideración a todos los compatriotas. En la sequía, el hielo era un exceso. Quise actuar como todo un revolucionario, quise ser duro e implacable. Pronto me di cuenta de lo absurdo de mis pretensiones. Estábamos en otra parte, en otros terrenos. Era evidente que allí la Nueva Era y los Nuevos Estatutos del Sacro Magno no tenían poder. Me sentí cansado y viejo, y todo mi mundo se me antojó lejano, inútil, desarticulado y estúpido. «¿Desde cuándo todo esto es así?», me dije. «¿Desde cuándo estamos tan jodidos?». Me sentí derrotado, como si hubiera estado luchando en círculos contra un enemigo poderoso y burlón durante décadas. La derrota comienza justo cuando piensas que cualquier otro esfuerzo será en vano. «¿Desde cuándo todo esto es así?», volví a preguntarme: «¿desde cuándo estamos tan jodidos?».

Intenté recordar y la memoria me llevó al Gran Guerrero. Todo empezó en ese tiempo, cuando los dioses se pusieron de su lado y en contra de los opositores; o por lo menos eso nos pareció, que los dioses estaban con él.

La lucha opositora había tomado fuerza. Lucía imparable. Llovía a cántaros pero la gente estaba en las calles. Los militares disidentes, los estudiantes (yo era uno de ellos), las mujeres, los hombres, todos se mojaban en la intemperie de sus batallas ganadas. Con el país paralizado, el aislamiento internacional, la escasez de comida y las pugnas internas del gobierno, el Señor de los Torbellinos estaba a pocos pasos del abismo. Era cuestión de tiempo, si acaso un par de meses.

Entonces dejó de llover. Así, de un día para otro.

Cayó una gota, luego otra y ya no hubo más lluvia.

Al principio no hubo problema. Es normal que deje de llover, y en eso nadie repara. Incluso aumentaron las protestas y la cantidad de gente en las calles. Pero entonces, al cabo de un mes, un experto habló, luego otro. La prensa se llenó de reportajes. Las calles se vaciaron. La atención se desvió hacia el tema de la sequía. Tumbar al gobierno ya no era la moda. Ahora sólo importaba saber qué estaba pasando con las lluvias.

Se decía más o menos lo siguiente: Era muy extraño que hubiera dejado de llover porque estábamos en pleno invierno tropical, cuando las lluvias (además de servir de excusa a los empleados calamitosos) desbordaban ríos y cañadas, causaban grandes trancas de tráfico y derribaban ranchos en los cerros.

Lo más extraño de todo: Aquella ausencia sólo había afectado a nuestro país. El resto del mundo seguía igual, con los cambios climatológicos de costumbre, con sus huracanes y sus aguaceros, con sus polos derritiéndose y con sus olas de calor en África. Nada fuera de lo común.

Pero acá, en nuestro país, ¿qué estaba pasando?

¿Por qué no llovía?

¿Nos había caído una maldición acaso?

Los opositores empezaron a acusar al Presidente. Lo llamaron ave de mal agüero. El Presidente Guerrero acusó a los opositores. Los llamó destructores del ambiente, y señaló a los empresarios y sus fábricas. Algunos volvieron a salir a las calles. La moda se reciclaba y se mezclaba; ahora consistía en tumbar al gobierno porque su pava había espantado las lluvias.

Es fácil imaginar el resto.

Veo al Gran Presidente golpeando la mesa de su oficina. Lo veo dando gritos, pidiendo un plan urgente. Veo desesperación, sudor, manzanas de Adán que suben y bajan. Y entonces puedo imaginar a algún asesor en plena madrugada o en medio de una sobremesa recibiendo la revelación tan anhelada. Lo veo por los pasillos del palacio, caminando apresurado, apartando rostros, ignorando preguntas; y por fin, ahí lo tenemos, frente al devastado gobernante.

«Viene un largo tiempo de sequía, maestro, utilicemos eso a nuestro favor». Así le habrá dicho el asesor al hombrecito que de pronto alzó la frente y volvió a ser el Audaz Mandatario.

El plan sería sencillo: el Presidente sólo debía bajar la guardia, mostrarse corderito, redentor, aprovechar la situación, hacerse cargo y lucir conciliador, gran hermano, gran padre.

«No es este el momento para luchas y egoísmos», dijo en una cadena de televisión. «Debemos unirnos, debemos estar juntos en esto». Y entonces organizó una comisión, salió a los caminos, se dejó ver en todas partes. Estaba en una nueva campaña presidencial.

Pasaron meses y nada que llovía, pero él estaba allí, junto a todos. El agua mermaba en los embalses, pero él hablaba en televisión. La electricidad presentaba grandes fallas, pero él no dejaba de insuflarle ánimos a su pueblo. La comida faltaba, y él empezó a hacer dieta y se mostró pálido y demacrado.

Entonces algo cambió. El ejército tomó las calles. Hubo tanques en todas las esquinas y botas en todas las puertas.

Cada maniobra, cada acto, cada atropello y cada exceso, tuvo una razón de ser. Única, exclusiva, inextricable. Todo se justificó por la falta de lluvias, por la falta de agua, por el racionamiento, por el bien de la Nación.

La matanza de las mascotas, por la falta de agua; el horario reducido de la corriente eléctrica, por falta de agua; el cierre de clínicas, universidades, canales de televisión y de periódicos, por falta de agua; la barba y el uniforme, por falta de agua; la reubicación de los ciudadanos, por falta de agua; el racionamiento de la comida, por falta de agua...

No había argumento que pudiera rebatir semejante excusa.

La moribunda y sedienta oposición insistía, tarde ya, en que detrás de todo aquello había un plan siniestro, una mano peluda, una inteligencia superior que llevaba la gigantesca nave hacia un puerto oscuro y tenebroso. Pero nadie reaccionaba. En los televisores y en las concentraciones públicas del gobierno (donde se regalaba agua y comida), el Audaz Presidente nada más hablaba y hablaba, sonreía, cantaba, oraba, echaba chistes y confundía las mentes. Se empezó a llamar a sí mismo Libertador de Almas, Revelador de las Tradiciones, Unificador de las Religiones y Excelso Sacerdote Místico. Habló de amor, paz, hermandad, tolerancia, concordia, nueva era, sacrificio, humanidad. El Supremo Sabio era inocente de toda culpa. Al final, ya nadie supo si lo odiaba o lo amaba.

La gran fuerza opositora que había tomado las calles fue una exhalación moribunda. Sólo quedaron pequeños grupos aquí y allá, pequeñas células terroristas, asesinas, fanatizadas en su odio o en su amor. La gente, la gran masa, se hartó, se resignó, o quizá, en el fondo, terminó por fundirse con el Patriarca Benevolente, con el Líder de las Religiones Verdaderas. Yo creo que al final la gente lo odiaba sin fuerzas y lo amaba con cansancio. Se dejaban hacer, y nada decían de las prohibiciones y de rodillas aceptaban la poca agua, la escasa luz, el mínimo alimento.

Entre todas esas restricciones, se encontraba la del uso del hielo. Aquella palabra incluso debía ser aborrecida, execrada, borrada del diccionario.

—*Glace* —dijo Alain—. Yo aquí tengo de todo, no joda.

—¿De dónde sacó hielo? —insistí, aún estupefacto.

—De la nevera, no joda, ¿de dónde más? —rugió Alain.

—De la nevera —dijo Gómez, mirándome con una expresión dura que me concitaba a no hacer más preguntas.

—De la nevera —musité y me hundí en el asiento.

—*Bon*, ¿no me vas a decir de qué coño andas huyendo? ¡Y no me digas que no te haga preguntas, no joda! —soltó el viejo.

Gómez torció la boca y soltó una risa que también era un gruñido.

—No sé —dijo—. Eran unos individuos vestidos de monjes que portaban armas de alto calibre.

—Uh, yo no le he vendido armas a ningún monje...

—Este personaje que ves aquí —dijo Gómez señalándome—, es un clon burocrático de la policía. Algún insensato decidió darle una misión que hasta ahora no tengo clara.

—Mi misión es cuidar del gato hasta nuevo aviso —intervine, irguiéndome sobre la silla, tratando de parecer orgulloso, tristemente orgulloso, diría yo.

—Cuidar el gato —le dijo Gómez a Alain, con un tono de burla que parecía decir «elemental, mi querido Watson».

—¿Y por qué tienes que cuidar un gato? —me preguntó Alain.

—Es una misión secreta, no puedo decir más —respondí.

—Ah, eso lo explica todo —dijo Alain.

—Sí, misión secreta —dijo Gómez—, tan secreta que no sabe quiénes andan detrás de él, o del gato, porque es más que evidente que andan detrás del gato.

—¿Será para secuestrarlo y cobrar rescate? —preguntó Alain.

—¿Cuesta tanto un gato como para contratar a un equipo de mercenarios?

—*Bon*, hoy día no hay muchos gatos en este país. Recuerda la matanza. Y éste es muy fino. Debe pertenecer a gente con dinero, quizás a alguien poderoso. El rescate puede ser alto. Además, sobran los mercenarios de baja categoría que se venden por tres panes duros.

—Como te dije, las armas de estos monjes eran de las buenas, pero me parece que les faltaba experiencia. Los confundí como a niños —dijo Gómez y se le veía orgulloso de ser tan buen confundidor a pesar de la ineptitud infantil del enemigo.

—*Bon*, aquí tengo varias armas que te pueden funcionar para responderle a esos carajos. Te las presto sin compromiso.

—Sí, perfecto —respondió Gómez.

—Ahora te las traigo —dijo el viejo, pero no se movió, y los tres nos quedamos mirando el atardecer. Una jungla de silencio se metió entre nosotros. Sentí como si alguien soltara unos hilos, como si mis titiriteros hubieran tenido que salir corriendo y nos hubieran dejado en medio de aquella estúpida representación donde todo pesaba: los hilos, la mata de silencio, nuestros cuerpos descoyuntados.

—Algún día me voy a ir de esta mierda —dijo Alain—. ¿Te conté que tengo una hermosa casa en el Congo?

—Sí —dijo Gómez.

—Me la quitaron los negros. Los negros revolucionarios.

—Sí.

—Yo tenía amigos negros, no te creas que todo está mal con ellos. No hay nada comparado a beber con un negro. Puedes estar días entero en eso. Y además, en cualquier momento puede haber una pelea, y tener una pelea cuando se está bebiendo con negros es algo que no tiene precio.

—Si tú lo dices.

—¡Coño, marico, no joda, claro que lo digo! Es divertido beber con un negro y también pelear junto a un negro.

Volvimos a quedarnos en silencio. Pero Alain tenía más ganas de hablar.

—¿Te conté cómo rescaté al imbécil de mi hermano?

—Más de una vez, pero esa historia me divierte. Cuenta.

—*Bon*, eso fue hace siglos. Mi hermano vivía en el Congo belga... Sí, Congo belga, belga y más belga, no joda... Le diré Congo belga a esa mierda hasta que me muera y que Dios tenga en su gloria al gran Leopoldo Segundo, que convirtió aquel chiquero en una colonia modelo...

»Te digo entonces que el inútil de mi hermano mayor vivía en Leopoldville y era todo un potentado en la extracción de caucho, oro, diamantes y uranio. Claro, esto gracias a papi, quien le había dado un montón de negocios a Philip. Papi tenía una fijación con él. Lo quería demasiado, y sin razón alguna. Mi hermano era un imbécil, te digo.

»Total que Philip andaba feliz por aquellas tierras. Había sobrevivido a todo. El MNC, ABAKO, Lumumba, los pleitos con Katanga, Kasavubu, Mobutu, Kabila, ninguno de ellos afectó su vida ni su actividad económica. Dinero es dinero, y ningún gobierno de izquierdas puede con esa vaina. Pero la suerte no dura tanto. Un día unos negros entraron en su casa y lo secuestraron. Se lo llevaron selva adentro y pidieron un rescate enorme a cambio de su vida. A mí me sabía a mierda esa vaina. Pero papi me dijo: "Mira, marico, o rescatas a tu hermano o te desheredo, mira que estoy que me muero". Yo no vivía del dinero de papi ni pensaba hacerlo en el futuro, pero papi es papi, y por él todo. Además, aquella era una posibilidad de divertirme un rato. Así que le dije que sí al viejo, saqué las cuentas de lo que hacía falta para la operación y él me transfirió la plata.

»Al cabo de un mes ya iba navegando en el Traven, un bello y moribundo dragaminas inglés de cuarenta y dos metros de eslora. Me acompañaban un bien conservado Schweizer 300C y diez de los mejores combatientes que he conocido.

»Salimos de Canarias y nos dimos a la tarea de navegar con calma. No había apuro. Tanto así que paramos en varios muelles de la costa atlántica africana. Los puertos siempre están ahí para divertirte. Sólo tienes que usar condones y más nada.

»A medida que avanzábamos hacia el sur, nuestro cargamento de armas disminuía y crecía el de licores. Nunca ha habido nada mejor que cambiar armas por alcohol. Uno siente que se está deslastrando de la muerte y llenándose de vida y felicidad. Así, cuando llegamos a la costa del Congo, apenas nos quedaban nuestras armas personales, pero llevábamos mucho licor, y teníamos a unas cuantas negras sabrosas tomando sol en cubierta.

»*Bon*, total que una madrugada me acordé de mi hermano y me monté en el helicóptero. El asiento del copiloto iba ocupado por una caja del mejor escocés del Reino Unido. Despegué en el Schweizer 300C, y los borrachos celebraron mi partida con tiros al aire y ebrios hurras a mi persona. Tomé rumbo hacia la selva, hacia las coordenadas que ya conocía. Por fin llegué a un claro. Era temprano en la mañana, la mayoría dormía y los que estaban de guardia también. Pero ya para cuando aterricé estaba rodeado de negros armados y enfurecidos. Saqué una botella de la caja y me bajé del Schweizer con el escocés en alto. Un negro se me acercó y me puso el cañón de su AK en la frente. Yo pelé los ojos, gruñí y dije la palabra mágica: "Basil". "¿Basil?", dijo el hombre. "Basil, coño, no joda", grité yo en francés. Al fondo, escuché una voz: "¿Alain?". "Sí, coño, no joda, marico, soy yo". Un negro alto y fornido atravesó la masa de hombres que me rodeaba y llegó hasta a mí. Era Basil Mombatu, el cabecilla de aquellos idiotas, un negro con quien había echado unos cuantos tiros por aquí y por allá. Terroristas, guerrilleros, soldados, policías, todos son la misma vaina, no joda. "¡Alain!", dijo Basil Mombatu mostrando sus dientes felices y abriendo los brazos. "¡Basil!", dije yo y lo abracé con fuerza. Cuando nos separamos, le pasé el escocés. "Adentro hay más, y en mi barco sobra", dije. "¡Alain!", repitió el negro y reventó en carcajadas; luego volteó hacia los demás y dijo algo en su lengua, los otros alzaron sus rifles, dijeron mi nombre y lanzaron unos tiros al aire. Pensé que me gustaba eso de que me despidieran y me saludaran con tiros, hurras y fiestas. Le dije a Basil: "Vine a beber". El negro dijo: "Maldito viejo loco", y nos abrazamos otra vez.

»Al anochecer ya estaban en el campamento mis compañeros del barco, las negras que habíamos traído y el resto del licor. No paramos de beber en una semana.

»Cabe destacar que mientras más bebo, más lúcido me pongo. Así que al séptimo día, me acordé de la misión que me había llevado hasta allá y se lo dije a mi amigo. El negro se encogió de hombros y dijo: "Yo sabía que no venías sólo a beber", y me señaló una cabaña solitaria al fondo del campamento. Tomé la AK de mi viejo compañero y fui hasta allá.

»*Bon*, en la entrada pensé en darle un susto al carajo que estaba adentro. Así que lancé una ráfaga al aire, di una patada a la puerta y entré dando gritos. Me respondieron unos alaridos de mujercita delirante. Grité hasta que tuve el rostro de mi estúpido hermano enfrente. Él también dejó de chillar. Se le veía pálido, ajado. Le di una palmadita en el cachete y dije: "Hola, hermanito". Solté un montón de carcajadas, y el pendejo de mi hermano empezó a gritar otra vez como una señorita loca. Mientras más chillaba mis risas aumentaban en estridencia. Fue divertido. Sobre todo cuando se asomaron los de afuera y también les dio por carcajearse. Eran como las cuatro de la madrugada, la oscuridad era plena, y ahí estábamos todos los del campamento, como locos que se creen hienas, regalándoles nuestras risotadas a la luna llena.

El viejo no dijo más, se nos quedó viendo, fascinado por sus palabras, por su propia historia.

—¿Y entonces? —dije yo.

—¿Entonces qué, no joda?

—¿Rescataron a su hermano?

—¡Claro, no joda, marico! Estuvimos bebiendo hasta que se acabé el licor, es decir, como una semana más. Entonces nos regresamos al barco y nos fuimos a Bélgica. Allá entregué a Philip sano y salvo. Papá estaba feliz y aumentó mi participación en la herencia.

Yo moví la cabeza afirmativamente, Gómez no hizo nada.

—La casa que tengo en el Congo es parte de ese legado. Yo sé que dije que no me importaba, pero esa casa es especial para mí. Allí nací mi primer hijo, allí me propuse dejar de andar pegando tiros por el mundo, y durante un tiempo lo logré —El viejo hizo otro silencio largo—. Pero no se puede ser amigo de todos los negros —continuó—. Esos, los que no eran mis amigos, me la quitaron. Pero algún día... algún día regresaré al Congo belga, a mi casa, no joda.

Yo me pregunté qué habría sido de Basil Mombatu. ¿Estaría en el Congo? ¿Lo habría traicionado? ¿Formaría parte del nuevo gobierno? El viejo, como si hubiera adivinado mis pensamientos, dijo:

—A Basil lo mataron... Cuando eres de esa vaina que llaman de izquierdas no tienes amigos. —El viejo escupió en el piso y se puso en pie—. Voy a buscarte la armas —le dijo a Gómez, y luego entró en la casa.

El detective, sin muchas ganas, trató de tranquilizarme una vez más:

—Está un poco loco, pero es de fiar.

Dentro de la casa, sonó el teléfono. Escuché a Alain contestar con un «aló» que era un ladrido de perro asesino. No dijo más. Al parecer escuchaba a su interlocutor. Luego gruñó: «Espere un momento». Salió al jardín y le dijo a Gómez:

—Es el jefe de Jones, pide hablar con él.

CAPÍTULO VIII

Entra en escena Lenín Chifa y hace algunas revelaciones más o menos ciertas

¿Ha observado usted alguna vez, entre las muestras de las tiendas, cuáles atraen la atención en mayor grado?

Edgar Allan Poe

—¿Cómo es la vaina?

Gómez se puso en pie, se le veía molesto.

—Como lo oyes, coño... —respondió Alain— Me dice que es su jefe y que necesita hablar urgente con él.

Yo también me incorporé de un salto; la perspectiva de tener a mi jefe al teléfono me aliviaba, me daba esperanzas. Quizá podía terminar con todo aquel disparate de historia de una vez por todas y volver a mi puesto de clon de oficina, donde me sentía más cómodo y seguro entre papeles, carpetas, sellos y malicias burocráticas. Cabe decir que ya estaba más que convencido de que la calle, definitivamente, no era para mí.

Tomé rumbo hacia la sala. Gómez me interrumpió el paso. Me dijo que lo dejara encargarse de la llamada.

—Pero es mi jefe —me quejé angustiado.

—Déjamelo a mí.

Gómez entró en la sala, caminó hacia el teléfono descolgado y respondió. Alain y yo nos ubicamos a los lados de Gómez.

—*¿Quién habla?* —ladró el jefe al otro lado de la línea. Se escuchaban con claridad sus gritos.

—El detective Gómez.

—*Comuníqueme de inmediato con el agente Jones.*

—Lo que vaya a hablar con él, lo puede hablar conmigo.

—*¿Cómo se atreve? ¿Sabe usted quién soy?*

—El jefe del agente Jones.

—*Exactamente, y suyo también. Obedezca mi orden.*

En vista de que Gómez no terminaba de pasarme el teléfono, me lancé sobre él.

—Es mi jefe, pásemelo, es mi jefe.

Gómez me rechazó con el brazo y volvió al auricular:

—Lo siento, señor, yo nunca he hablado con usted, no lo conozco.

—*Maldito imbécil, escucha: estamos tratando un asunto de seguridad de Estado... Afuera de la casa de tu amiguito el contrabandista belga, se encuentra un hombre muy importante del gobierno. Él viene a buscar el gato que Jones tiene en su poder. Espero que se lo entreguen sin mayores inconvenientes, ¿me expliqué?*

—Con lujo de detalles, señor —asintió Gómez al tiempo que le señalaba a Alain el portón.

Alain entró en un cuarto y regresó con una ametralladora; luego salió. Desde la ventana se podía ver el jardín y el portón. Justo cuando el viejo llegó a la puerta auxiliar, sonó el timbre. Alain se acomodó el arma e inició la aproximación con gran cautela.

Dentro de la casa, al otro extremo del teléfono, el jefe preguntaba a gritos si lo estaban escuchando.

—Sí, señor, lo escucho —respondía Gómez por no dejar, pendiente de las acciones de Alain.

—*Entregue el gato sin ofrecer resistencia* —bramaba el hombre.

Dentro de la ventana, Alain abrió la puerta de un tirón y apuntó. En el hueco rectangular no había nadie. Alain volteó a mirar al interior de la casa, y, en ese nimio instante, apareció en el umbral un hombre de aspecto elegante. Lo reconocí de inmediato: era el hombre del champaña, el de la oficina del jefe.

Alain retrocedió unos pasos, siempre apuntando. El hombre elegante le ofreció la mano y avanzó por el jardín. Esta vez fue él quien se quedó con la mano en el vacío. Alain, caminando de espaldas, no dejaba de apuntarle. El hombre elegante se detuvo en el centro del jardín, bajó la mano rechazada sin gesto de reproche y le dijo algo al viejo. De este lado, el jefe colgaba el teléfono.

Alain se asomó a la puerta de la sala.

—Éste me ha pedido que salgan, que quiere hablar con ustedes —dijo.

Gómez dio un paso adelante, resuelto, ceñudo.

—Primero salgo yo, después Jones...

Ya yo no soportaba tanta soberbia, tanto histrionismo barato, tanta dureza absurda. Venciendo todos mis miedos, impulsado por la indignación y por mi amor a las novelas de Hammett y Chandler, en honor a ellos, di el par de pasos que separaban mi nariz superlativa de la nariz boxística de Gómez.

—¡Ya estoy harto de que me des órdenes! —gruñí y me dirigí a la puerta de la sala. Aquellas palabras firmes y sorpresivas dejaron yertos a Gómez y al viejo Alain, y en consecuencia no me impidieron salir al jardín, donde fui a plantarme con el gato frente al hombre elegante.

Me ofreció la mano apenas estuve frente a él. Yo se la estreché sin reparos. Luego, el hombre acarició el gato con una mano y empezó a hablarme con mucha cordialidad. Habló de mi encomiable «labor» (hacía comillas aéreas con los dedos), me llamó «héroe», me ofreció medallas y «actos» públicos. Yo me erguía orgulloso con cada halago.

—Espere un momento —interrumpió Gómez con un tono poco amigable—. ¿Quién es el caballero que promete condecoraciones y actos públicos?

Volteé a mirar: Gómez se encontraba a mi lado derecho, un par de pasos atrás.

—Detective, se trata de una persona muy importante del gobierno —espeté, los puños apretados, la cara congestionada de sudor y odio.

—Que me lo diga él —retó Gómez, mirando al hombre elegante, la cabeza un tanto ladeada hacia la izquierda, el cuerpote tenso, como a punto de estallar.

El hombre elegante colocó su suave mano sobre mi hombro y me apartó con delicadeza para ubicarse frente a Gómez.

—Permítame «presentarme», apreciado detective Gómez —dijo el hombre haciendo comillas con los dedos en el verbo «presentar»—. Mi nombre es Lenín Chifa, jefe de seguridad del Sacro Santo Gobierno.

—Lenín Chifa, la mano derecha del Presidente, el consejero, el gran hombre de confianza, el todopoderoso Lenín Chifa —dijo Gómez sin inmutarse.

—Así es... lo de «todopoderoso», no tanto... Nunca se logra tener el poder ilimitado, querido amigo; por más que uno lo procure, nunca se logra llegar a lo «absoluto» —dijo Chifa, haciendo de nuevo comillas con los dedos (lo hacía sin exageración, con gracia comedida).

—Si usted lo dice —dijo Gómez con voz descarada.

—Entiendo su celo por el cuidado de su colega Jones y el gato de marras, pero su misión ha concluido. No está demás decirle que usted también será «recompensado» por el excelente servicio prestado.

—Me conformo con que se me explique qué es lo que esta sucediendo.

—Lamento no poder entrar en «detalles». Esto es un secreto de Estado.

—Hasta que no me explique que está pasando no entrego el gato —advirtió Gómez.

Mis sensaciones y pensamientos eran un extraño coctel de ironía desesperación, agradecimiento y compasión. La actitud de Gómez me parecía ridícula, un tópico de novela barata. ¿Acaso se creía el impasible Spade frente al exquisito Joel Cairo? El lugar común, el cliché está en nosotros como un chip implantado en nuestro cerebro gracias a la televisión, al cine, la literatura y la humanidad misma, alienada por la repetición al infinito de escenas y caracteres. Pero lo que Gómez estaba haciendo, su manera de comportarse, era el colmo de los colmos. Ya hasta daba pena ajena.

—Le recomiendo que no se «sobrepase» —sentenció Chifa sin inmutarse—. Usted es un simple funcionario que obedece órdenes.

—A mí se me dio la orden de cuidar a Jones, y eso hago.

—Pero, Gómez, ¿no estás viendo que se trata del jefe máximo de los policías? —tercié, metiendo los brazos entre ambos hombres, separándolos con mucho cuidado.

—Hay algo que no me gusta en este negocio —dijo Gómez. Sus duros ojos estaban fijos en el rostro refinado e insondable de Lenín Chifa.

—Jefe Chifa, le aseguro que las acciones de este hombre nada tienen que ver conmigo —dije con acento acusador—. Es más, debo decirle que desde el principio el detective Gómez ha entorpecido la misión.

—No he hecho más que preocuparme por la vida del gato y la del agente Jones —replicó Gómez, con un tono que no sonaba a reproche, sino a respuesta heroica de soldado interpelado.

—No malinterpretemos al detective —dijo Chifa—. Estoy seguro de que sus «intenciones» son las mejores.

—Gómez es un traidor, señor —repuse sin piedad, con la voz al extremo del delirio.

—Dígame, Gómez ¿qué podría hacer para devolverle su «tranquilidad»? —dijo Chifa, sordo a cualquier otro comentario que no estuviera de acuerdo con el hilo de sus pensamientos.

—Ya se lo dije: explicármelo todo —soltó Gómez.

Chifa calló. Me pareció que por su rostro surcaba algún intrincado pensamiento.

—Lo voy a complacer —dijo por fin—, simplemente porque estoy de buen ánimo y porque usted me divierte. —Hizo una pausa como esperando la reacción de Gómez; al no ver ninguna, continuó—: El gato que yace en el regazo del «agente» Jones, y cuyo nombre es «Hugo», pertenece no a la esposa del Ministro de Defensa, sino a la esposa del mismísimo Presidente. Dejemos a un lado el asunto de la prohibición de las mascotas; ésta que tenemos ante nosotros es especial para nuestros gobernantes y ya me explicaré. Antes, digamos que desde hace un mes la Primera Dama viene recibiendo amenazas de secuestro de su apreciado felino. Ella le tiene un gran aprecio, pues perteneció a su hermana, fallecida trágicamente en un «accidente» aéreo cuando ellas eran niñas. Al parecer, una facción «contrateocrática», de las tantas que existen en nuestro querido pero imposible país, se enteró de la existencia de Hugo y de la historia que lo une a la Primera Dama. Estos «desestabilizadores» planearon el secuestro del gato. ¿Para qué? En primer lugar, para «desmoralizar» a la Primera Dama y, a través de ella, al Presidente, que la ama sin medida. En segundo lugar, para cobrar un rescate de proporciones inimaginables, que por supuesto, la Primera Dama y el Presidente estarían dispuestos a pagar debido a la importancia del gato. Como ven, el gato es vital para la «pareja presidencial», y su protección es «prioridad» para el Estado. Así, hace una semana, el Presidente y yo decidimos «esconder» la mascota. ¿Cómo? Entregándoselo a un cuerpo de seguridad «secreto». Esto, sin embargo, nos parecía demasiado «obvio», tan obvio que llegamos a la conclusión de que, precisamente, el mejor «escondite» es el más «obvio», tal como lo hace el ministro D... en el famoso cuento de Edgar Allan... ¡Oh, perdón! Olvidaba con quién hablaba...

—Habla con el detective Gómez, y no tiene que menospreciar mi inteligencia. Sé muy bien que habla de cierta carta robada...

—Me sorprende, detective.

—Poco me interesa la excitación que pueda causarle. Prefiero que usted me sorprenda a mí.

—Calma —dijo Chifa y luego soltó una risa entre dientes que sonaba a silbido de serpiente. Gómez se puso todavía más tenso.

Yo creí que hasta allí iban a llegar las explicaciones, pero Lenín Chifa prosiguió:

—Nos pareció que la estrategia «óptima» para desorientar al enemigo era entregarle el gato a uno de los más «inútiles» de nuestros agentes, es decir a un clon burocrático y estúpido como Teofilus Jones. Era un plan brillante; nadie podía suponer, deducir ni mucho menos descubrir que estábamos entregando tan preciado tesoro a un «magnífico» estólido.

—Disculpe, amigo, pienso que todos los adjetivos en contra de Jones se le devuelven —intervino Gómez—, porque su enemigo sí buscó por allí, y Jones no resultó ser quien usted creía, pues el gato sigue vivo y en sus manos. Mejor guárdese las descalificaciones, o mejor, agárreselas para usted.

—Tiene razón —concedió Chifa, no obstante, no había en él un ápice de humildad, de derrota, de humillación; seguía siendo el mismo hombre elegante, de aires superiores que quizás había cedido un poco para luego ir por más.

Yo, por mi parte, no entendía a qué se debía la defensa de aquel que me había tratado a las patadas, de aquel a quien incluso yo acababa de acusar. Estaba confundido y enojado. No entendía por qué Gómez había actuado de ese modo, y al mismo tiempo estaba lleno de una rabia contenida por las palabras de Chifa. Yo siempre el imbécil, yo siempre el memo. Se me notaba de lejos, a cien metros de distancia. Estaba escrito en mi *curriculum vitae*. Profesión: Imbécil. Ocupación: Estólido. Podías decir mi nombre en China y mil chinos soltarían al unísono una gran carcajada. «¡Ah, sí, Teofilus, pobre mentecato!», dirían todos, en idioma chino, claro. Teofilus Jones, sí, el que había sido elegido para una misión porque nadie se iba a creer que tuviera una misión.

Tal era mi ira, tal era mi confusión que de pronto me sorprendí abriendo la boca y hablando sin la mediación de la prudencia:

—Por supuesto que tiene razón, así que hágame el favor y no me vuelva a llamar de esa manera nunca más.

Gómez y Chifa me vieron como si yo acabara de soltar una improvisación en el medio de un acto teatral cuyo parlamento había sido ensayado y repetido de la misma manera durante siglos.

—¡Oh, por favor, ya basta! —imploró Chifa al cielo, como despertando de un mal sueño. Luego me miró y dijo con frialdad—: Jones, entrégueme al gato. Es una orden.

Retrocedí un par de pasos, como si hubiese sido golpeado por sus palabras, y entonces hice algo para lo que nunca tendré explicación: me senté en el piso. Sí, me senté en el piso con las piernas cruzadas, acariciando y viendo únicamente al gato.

No pensaba, no estaba confundido ni enojado como hacía unos instantes. Yo sólo sentía. Sentía el maremoto, el huracán, el temblor; mil cataclismos ocurrían dentro de mí y derrumbaban todas las paredes de mi estupidez. No sé, no sabría decir bien qué me ocurría.

Quizás no fue así. Quizás exagero. Todo es invento, todo es memoria, todo es ficción. Sólo puedo contar que pasados unos segundos alcé la vista y respondí:

—Primero sobre mi cadáver.

Me percaté de que Chifa sonreía escasamente por un lado de la cara, como si un tic furtivo hubiese empezado a taladrar sobre la comisura de sus labios. Gómez me miraba y yo miraba a Chifa, elegante y al mismo tiempo firme, clavado en el mundo con una dureza de titán. Chifa alzó una mano y chasqueó los dedos. Se hizo un breve silencio, espeso, casi como una niebla. Los sonidos rebotaron como dentro de un tambor lleno de agua, y todo se movió dentro de unas ondas de espejismo. Hubo eternidad y hubo la nada, y luego una intensa ola de calor que se lanzó sobre nosotros, llevándose el silencio y dejando los aullidos y los ladridos de los perros de Alain.

De pie sobre los muros de la casa y apuntándonos con ametralladoras, aparecieron los monjes guerrilleros. Por la puerta auxiliar del portón entraron otros dos monjes que llevaban a una mujer pequeña, tetona, regordeta o más bien amorfa, con cara de serpiente, maquillada en exceso y cabellos rojos de cerro encendido acomodados en un copete de guacamaya. Era mi esposa, Santa Rosita Candelaria de las Peluquerías.

—¡Teofilus, me tienes que explicar lo que está pasando! —gritó Rosita, que aunque esposada y rodeada de armas, no parecía intimidada—. ¿En qué problemas te metiste ahora, maldito desgraciado?

—Pe... pero... pero, mi amor, déjame explicar... —respondí vacilante, reaccionando como en los viejos tiempos.

—No hay tiempo para «explicaciones» —intervino el hombre elegante—. Amigo Jones, le propongo un trato: su esposa a cambio del gato.

Me quedé boquiabierto. ¿Había escuchado bien? ¿Chifa había dicho que me cambiaba a mi esposa por el gato?

A pesar de que hacía un instante, frente a mi mujer, yo había vuelto a ser el Teofilus de costumbre, ahora una efervescencia sanguínea, quizás originada por la insólita propuesta, invadía todo mi cuerpo. Era como si me brotara por cada poro una suerte de nueva piel que se expandía por debajo de mi costra antigua y me transfiguraba. Me sentí lejos del imbécil que fue obligado a estudiar para policía, del burócrata insidioso que se masturbaba salvajemente en los baños, del magnífico estólido de Chifa y del Perfecto Idiota de Santa Rosita Candelaria de las Peluquerías... A mis pies se hallaban los restos del muro de contención que había soportado mi mentecatada. Me encontraba ahora bañado de lucidez. Yo ya no era yo. Empezaba a convertirme en alguien más. En alguien libre de miedos. Pase, bienvenido, esta zona es libre de fumadores, y de miedos; acá no se le teme a Lenín Chifa, ni a sus secuaces, ni a Gómez, ni a Alain Charleori. Acá le perdimos el respeto a toda esa gente, y estamos dispuestos a escupirles en las caras.

Chifa acababa de escuchar cómo Rosita Candelaria me había gritado, y era muy probable que hubiese intercambiado algunas palabras con ella. Ya sin duda la conocía (no hacía falta más que un minuto para saber de su calaña), así que resultaba absurdo que aquel hombre, con su cara muy afeitada y perfumada, pretendiera cambiármela por el gato, como si ella fuese el bien más preciado para mí.

¿Cómo se le ocurría extorsionarme con mi esposa? ¿Acaso pensaba que yo la deseaba de vuelta en mi cama, a mi lado? ¿Estaba loco o, tal como había dicho Gómez, el verdadero estólido de aquella historia era él?

Me eché a reír sin control. Mi mujer empezó a exigirme una respuesta. Chifa lucía desconcertado y ofendido; miró a los lados, como buscando respuesta entre los guerrilleros hindúes. Pero ellos estaban paralizados por mi risa incontrolable y los gritos histéricos de mi mujer. Ella, aprovechando el pasmo fotográfico, le dio sendos taconazos a los monjes custodios (que iban en sandalias como todo monje hindú que se precie de vestir como monje hindú). Ellos, adoloridos, ululantes, soltaron a la sierpe infernal y se fueron a sufrir su dolor a otro lado.

Ya libre, Rosita Candelaria corrió hacia mí y me ordenó que me pusiera en pie. Ahora yo reía y lloraba al mismo tiempo. Hugo se me escapó de las manos. Nada hice, estaba poseído por la risa y el llanto. En algún momento dejé de reír y me reduje a sollozos y pucheros. Agotado, confundido, huracanado en mi interior, no terminaba de ajustarme. Los restos del antiguo Teofilus aún batallaban, insistían en hacerme ver cómo la cosa patética que yo había sido.

Detrás de mí, empecé a oír gruñidos. Alcé la vista y vi retroceder a Chifa y a los guerrilleros del patio. Los que estaban sobre los muros apuntaron sus armas. Los perros los habían tomado desprevenidos y habían quedado dislocados una vez más. Chifa fue el primero en reaccionar. Dio un paso hacia adelante y dijo:

—¡Por favor, si «apenas» son unos perros mugrientos!

—Los perros... y yo —escuché que decía Alain Charleori.

Volteé a mirar: Charleori salía de la casa; en una mano exhibía una brillante ametralladora y en la otra, pegado a su pecho, al gato. Llevaba cacerinas sobre su cuerpo desgarbado y pequeño, un casco de guerra en su cabeza y en la boca un cigarrillo reciente.

—Bueno, ya estoy «harto»... —dijo Chifa con frialdad—. Al fin y al cabo, lo que quiero es al gato muerto. Procedan de inmediato.

—No lo harán —dijo entonces una voz de mujer, una voz sensual y profunda. Yo, que miraba a Alain, giré hacia la voz femenina y, de un brinco, me puse en pie.

En el portón se encontraba la de los ojos saltones, la fea atractiva, la asistente del jefe, la diva de mis sueños, la Bette Davis de esta historia. Era ella. Era Ángela.

—Es un «gusto» verla, señorita Ángela —dijo Lenín Chifa con amabilidad.

—Lamento no poder decir lo mismo —dijo ella.

—Creo que no se «justifica» su «animadversión» hacia mí. En fin, veo que ya no es la secretaria de mi subalterno y que habla con autoridad y «misterio». Pero volvamos al tema. ¿Decía que no lo harán, que no dispararán? Prosiga, por favor, quisiera oír su explicación.

—Usted es un cínico —murmuró ella entre dientes.

—Es parte de mi «encanto»... Pero, por favor, explíqueme por qué estos idiotas se «niegan» a disparar.

Ángela dio un par de pasos hacia adelante. La expresión de su rostro cambió. Las sombras parecieron salir huyendo de su cara, ahora iluminada, descubierta, beatificada. Empezó a hablar con un tono suave, pero al mismo tiempo firme y audible:

—No lo harán gracias a toda la porquería pseudo religiosa que usted incrustó en la mente de los ciudadanos de este país. Ninguno de ellos quiere convertirse en el asesino accidental de tan codiciado gato, necesario para que ellos puedan realizar sus ritos de lluvia. Usted les ofreció el gato vivo, ellos lo matarán en su debido momento, pero no ahora, sin ritual.

Chifa arqueó la ceja izquierda.

—Tiene razón, olvidaba tales detalles. —Chifa miró indiferente sus pulidas uñas. —Y usted, ¿para qué lo quiere? ¿Serán que usted y sus amigas necesitan el gato para traer a su Mesías, al «famoso» Hijo de Bastet, ese que no termina de manifestarse? Yo sé que detrás de ustedes se esconde algo más. Un ansia destructora, una contrarrevolución verdadera.

Ángela no respondió. Estaba atónita.

—Ah, veo que las sacerdotisas de lenocinio no siempre reciben la palabra divina.

—Cállese —dijo Ángela entre dientes. Ahora con el rostro tenso y oscurecido.

—Señorita, voy a callar, sí. Voy a hacerlo porque esto se está alargando, y tengo cosas más «importantes» que hacer. Al final, uno tiene que hacerse cargo de todo. En caso contrario, las cosas salen mal o nadie las hace. El mundo está repleto de gente inútil.

Chifa sacó de su impecable traje una nueve milímetros, sonrió y apuntó al gato. Alain y los guerrilleros monjes apuntaron a su vez a Chifa, quien se les quedó viendo con aire de superioridad por unos instantes. Resignado, bajó el arma y dijo:

—Fomentemos un poco el caos.

Chifa empezó a caminar con paso decidido hacia mí.

—Teofilus, te va a disparar —me advirtió Ángela.

—¡Ay, mija! ¿Qué te traes tú con mi marido, que le hablas con esa confianza? —reclamó mi mujer, al tiempo que daba unas zancadas polvorientas, alcanzaba a Chifa y decía—: ¡Y usted, señor, ya me tiene harta!

Rosita Candelaria le enterró un puñetazo y, acto seguido, con Chifa en el suelo por causa del golpe, le propinó un par de patadas y luego se agachó y le quitó el arma.

—¡Es mi marido! ¡Muy cretino y todo, pero es mío, y lo mío lo defiendo yo! —dijo mi mujer, mirando a Chifa y luego a Ángela. Entonces caminó hasta Alain, le arrebató a Hugo, caminó hasta donde yo estaba y me lo puso en brazos. Luego la vi darse media vuelta y enfrentarse a los monjes guerrilleros.

—¿Y ustedes? ¿Van a dispararme? ¡Vamos, sean machos!

Los monjes terroristas, sorprendidos, se miraban. Los dos que la habían traído, los pisoteados, arrojaron sus armas al piso y corrieron a enfrentarse con ella a puño limpio. Rosita Candelaria se les cuadro y empezó a darles puñetazos, a ambos, al mismo tiempo. Pensé que debía sentirme orgulloso de mi mujer y traté de estarlo. No fue posible, no me salía.

El ruido de un helicóptero empezó a escucharse a lo lejos. Pensé en el viejo Schweizer de dos puestos de la historia de Alain. ¿Acaso aquel artefacto se había materializado? ¿Acaso lo tripulaba el mismísimo Basil Mombatu, resucitado y andando, Lázaro de esta historia?

Vi a Ángela sonreír satisfecha mientras miraba hacia donde provenía el sonido de las hélices; después me miró —aún sonriendo— y señaló hacia arriba con el dedo. Parecía una pintura de Leonardo da Vinci, de ésas donde siempre hay una virgen o un personaje afeminando apuntando hacia el cielo.

Todos alzamos las miradas, menos Alain, que aprovechó para apostarse junto a Lenín Chifa. El cañón de su ametralladora ahora estaba pegado a la nuca del hombre —ya no tan elegante— tirado en el piso y cubierto de polvo.

El helicóptero apareció sobre nuestras cabezas. El calor y una nube de polvo azotaron nuestras caras. La humareda terminó de enrarecer aquella situación tensa e incompresible; no obstante, pude distinguir que el aparato era grande, quizás verde militar y con dos puestos adelante y una cabina atrás. No lo conducía un negro enorme como debió de haber sido Mombatu, sino un hombre blanco de semblante mercenario.

En medio del remolino de tierra, vi caer una escalerilla. Yo no sé nada de helicópteros, pero tenía absoluto conocimiento de dónde venía y para qué servía esa escalerilla; por lo general, cuando caen de ese modo del cielo y en una crisis tan extrema, es con fines humanitarios. *Deux ex machina.*

Así, inspirado por las viejas películas de acción y por el teatro de comedia romano, amarré mis dedos a la escalerilla y empecé a subir.

Vi venir a Ángela entre la tolvanera y le ofrecí una de mis piernas enclenques que, a pesar de su esmirriado aspecto, eran buenas para que una mujer de su contextura se sujetara sin dificultad. El helicóptero había empezado a tomar altura y ella alcanzó a aferrarse a mi talón. La vi treparse con brío a lo largo de mi pierna, para seguir subiendo por mi abdomen (su boca muy cerca de mis partes pudendas), mi pecho, mi hombro y finalmente mi cuello, de donde se sujetó como si yo fuese un súper héroe irrompible, imbatible, virginal, beato e inocentón...

Quizás porque tuve a Ángela tan pegada a mí, quizás por la intimidación de sus enormes ojos, empecé a llamar a Gómez. Mi voz, aguda y estridente, permitió al detective irse guiando a ciegas hasta la escalerilla. Lo vi dar un salto y sujetarse al último escalón. Entonces el helicóptero tomó el doble de la altura.

Por unos instantes atisbé a los de abajo. Se encontraban en el medio del vórtice, en el ojo sosegado del torbellino. Santa Rosita Candelaria de las Peluquerías saltaba sobre los dos monjes que yacían en el piso, al tiempo que gritaba quién sabe qué cosas hacia el helicóptero, algunos deseos grotescos para mí, sin duda. El viejo Alain se encontraba junto a Lenín Chifa, pero ya no lo apuntaba. Y Chifa permanecía sobre la tierra, mirándonos fijamente, con unos ojos brillantes y terribles, con ojos que decían «no importa, nos volveremos a ver, y te aseguro que la próxima será diferente». El resto de la tropa asesina iba entrando al círculo. Apuntaban decididos a Rosita Candelaria y a Alain Charleori.

LIBRO SEGUNDO

CAPÍTULO I

Nuestros amigos llegan a una tienda de muñecos

Hubo tiempo en que los héroes de historias éramos todos perfectos y felices al extremo de ser completamente inverosímiles.

Julio Garmendia

Pasamos sobre los cerros poblados de árboles que dieron paso a otros cerros, esta vez invadidos por miserables viviendas de cartón, zinc y ladrillo desnudo. Luego fue la ciudad, la ciudad que perdió todos sus árboles y sus áreas verdes con la gran sequía. La ciudad sedienta, empobrecida y llena de cicatrices, grandes y pequeñas vías lanzadas al olvido. Concreto, hormigón, cabillas, vidrio, chatarra, basura, sólo eso quedaba; una metrópolis empobrecida, amurallada de miseria.

Sin embargo, desde arriba, la impresión era otra. Con asombro, la percibí serena, como sustentada por un orden superior. Cualquiera diría que funcionaba bajo los parámetros de una utopía futurista y realizada. Sus habitantes se me antojaban deslizados por capas de aire que los llevaban a rumbos predeterminados, donde los aguardaba una vida rodeada de una membrana de aire puro y felicidad palpable.

Recordé que en alguna parte Joseph Brodsky escribió que ver Estambul desde un avión lo hacía pensar en un virus examinado bajo un microscopio, y eso lo hacía sentirse infectado. Para mí, aquella vista era todo lo contrario. Yo estaba viendo la maqueta perfecta de una ciudad perfecta.

Desde aquella perspectiva todo tenía sentido. Se podía pensar que el caos era el producto de la mente limitada del hombre, incapaz de ver la totalidad. Pensé que quizá los dioses, o Dios... no sé... esa

Entidad Superior que nos creó, sabía lo que hacía y su plan era infinito y perfecto. Quizás aquel Creador observaba esa mezcolanza de religiones, ese oscurantismo de mil supercherías en el que habíamos caído, y lo entendía todo desde esa paz descomunal que da ser el testigo más grande e inútil de nuestras miserables existencias. Así pensaba yo, recordando el extraño discurso de mi hermosa Bette Davis en casa de Charleori. Ella había hablado de engaños, de montajes, de manipulaciones. Si no había escuchado mal, Chifa la había llamado «sacerdotisa de lenocinio». Se había referido además a un Mesías que ella y otras aguardaban. El Hijo de Bastet.

Más de una vez, en las calles, había escuchado hablar de su llegada (aquel día, en la patrulla había sido la penúltima vez). Era una especie de dios redentor, un iluminado, un brujo que haría llover de nuevo. Pero Chifa también había asegurado que detrás de aquella creencia se escondía una intención siniestra, «contrarrevolucionaria». Yo había visto a esas mujeres en las plazas, en los bulevares. Sobre taburetes o sillas a modo de tarimas improvisadas, las había escuchado proclamar la pronta llegada de los nuevos tiempos. Siempre pensé que hablaban del regreso de las lluvias y nada más. Algunos las escupían al pasar y las llamaban «putas». Muchos aseguraban que lo eran. Nunca lo constaté. Nunca me atreví. No tengo el arrojo de un putañero. Eran, sin duda, mujeres locas y sensuales, provocadoras. Pero nadie jamás hubiera sospechado que tramaban algo más grande y terrible.

Ángela había guardado silencio ante Chifa, como quien es descubierto y no tiene nada que decir. ¿Era verdad lo que él había dicho? ¿Qué estaba pasando entonces? ¿En qué telaraña absurda me encontraba yo enredado? ¿Era el gato el inspirador de alguna nueva creencia, de alguna nueva pseudo religión?

Incliné la frente y vi al felino que reposaba en mi regazo con los ojos entrecerrados. Se había enfrentado a todas las situaciones con una entereza y tranquilidad admirables. Era como si estuviera consciente de su propia belleza y majestad, como si supiera por adelantado cómo iba a terminar esta historia.

Volteé a mirar a la hermosa Ángela. A través del casco con micrófono que llevaba puesto le hablaba al piloto del helicóptero, un hombre de semblante mercenario; era rubio, de aspecto extranjero. Éste volteaba a mirarla y afirmaba intermitentemente mientras ella le seguía hablando. ¿Sería cierto? ¿De verdad ella era una sacerdotisa de burdel?

No pude evitar echarle un vistazo a Gómez: escribía en su libreta, cabizbajo, el rostro duro, ensimismado. Me resultaba familiar y ajeno. Tenía esa extraña sensación que se tiene cuando alguien mira muchas veces la foto de una persona que en algún momento conocerá en persona. Hay allí, en el encuentro final de la carne y el hueso, una especie de trastrocamiento, de monstruosidad; incluso un sabor a traición hacia la foto (sí, hacia la foto), y hasta podría hablarse de cierta decepción. Porque la foto siempre será tuya, y tuya será tu idea de esa persona. Siempre podrás imaginar su voz, sus gestos, su carácter; en cambio la persona, el ser humano, el ente que habla y tiene movimiento, se pertenecerá a sí mismo y actuará a su manera. Algo así me estaba ocurriendo con Gómez. Ahora era diferente, desde que me defendió delante de Chifa yo lo veía de otra manera. Ahora era un enigma, ya no una foto ni una idea fija. Gómez había dejado de ser un prejuicio.

Los párpados me pesaban. Sentí que me volvía parte del asiento, del respaldar, de las esquinas sombreadas del respaldar. Cerré los ojos un par de veces y creo que me dormí unos minutos. No tuve tiempo para más: el helicóptero empezó a descender sobre la azotea de un edificio de más de treinta pisos.

Una vez que el aparato tocó la superficie, Ángela nos hizo bajar con premura. Corrimos tras ella, azotados por un viento camorrero que nos empujaba hacia los bordes. Pudimos controlar nuestros cuerpos y llegamos a una garita que llevaba al interior del edificio. Ya dentro, bajamos un par de pisos y luego tomamos el ascensor. Era extraño tomar el ascensor libremente, sin permisos, sin miradas de envidia. Durante el descenso nadie habló. Todo transcurría como en un sueño.

En planta baja atravesamos un enorme vestíbulo de altos ventanales góticos. Atrás dejamos una imponente escalera de caracol y un salón poblado de blancos espectros de ojos relucientes, que no eran más que mesas enmanteladas, servidas con botellas de formas extrañas y altos vasos vacíos que aún emitían algún reflejo. Era como un lugar que pertenecía a dos dimensiones: en una, sólo existían los objetos de un banquete grandioso; en la otra, los alegres invitados.

Casi pude oír la música de los Antaños del Estadio, la cuenta de cinco para las doce, me voy corriendo a mi casa a abrazar a mi mamá... ¿Acaso todos abandonaron el sitio para estar junto a la madrecita querida? ¿O fueron interrumpidos por el estrépito de las botas, por el traqueteo de las cacerinas, por la dura fricción del raso militar? En el súbito silencio de la fiesta interrumpida, los poros se abrían como una boca que bufaba y las gotas de sudor se deslizaban por las sienes como sobre una plancha caliente... O quizás no. Quizás en la otra dimensión el ágape continuaba y Peter Sellers caminaba entre la gente, feliz de pertenecer para siempre a una fiesta interminable, donde jamás se atrevería a entrar el irrespeto castrense.

Más adelante pude ver otro salón con un escenario y, frente a éste, filas rotas de sillas; la mayoría de ellas dispersas o tumbadas.

Sobre el escenario, una guillotina y una mujer que doblaba un mambo de Yma Sumac. La artista tenía el rostro pintando de blanco, exhibía un alto peinado a lo Luis XVI, llevaba una falda dorada de opulento vuelo y un corpiño negro muy apretado del que sobresalían unos senos más bien magros. Abajo, entre las sillas, un enano vestido de payaso, tocado con lo que parecía ser una mitra, aplaudía los ensayos operísticos de la dama.

Salimos al exterior. Siempre a paso apresurado, seguimos a Ángela por un escondrijo de calles. Llegamos a una zona de casas y edificios bajos. Debo confesar que no sabía en qué parte de la ciudad me encontraba. Quizás se trataba del centro.

Bajamos a lo largo de una calle desierta y entramos en lo que parecía ser un antiguo establecimiento comercial.

Ángela nos dijo que esperáramos allí, en la penumbra, y desapareció por una puerta al fondo que apenas se distinguía de la pared.

Gómez se quedó en la entrada, el arma en la mano, de perfil y mirando hacia fuera por un círculo que había hecho en la sucia vitrina. Yo, con Hugo en mi regazo, me dediqué a observar el local. El polvo y las sombras lo cubrían como a una habitación de Pompeya inundada por la ceniza volcánica. Me acerqué a los muebles para poder distinguir los objetos. En los estantes se mezclaban sin pudor muñecos de distintas raleas.

Pude distinguir soldados de plomo, bigotudos revolucionarios a lo Pancho Villa, sacerdotes regordetes y bonachones, caballeros de pumpá y levita (en uno pude leer una inscripción que decía «Vito Modesto Franklin»), monjas de amplios griñones, magos merlinescos, brujas de mejillas rollizas, negritas de trapo y damas de antaño, Barbies y Kens encerrados en sus cajas de plástico y cabezas de Pinochos separadas de sus cuerpos elegantemente trajeados.

Sobre las mesas de trabajo vi una gran cantidad de muñecos inacabados. Los cuerpitos habían quedado desnudos y mostraban sus delgadas maderitas, sus escuálidos alambres. A los lados, las ropas que jamás llegaron a usar yacían rotas y descoloridas, trapos lamentables que alguna vez otros con mejor suerte usaron.

Se trataba, sin duda, de una tienda muy antigua, anterior a la llegada del Gran Reformador, anterior a la sequía y al calor, anterior al caos político, a la guerrilla, anterior incluso al petróleo, pero siempre presente, ineluctablemente la misma.

Pensé que estaba en un rincón de la mente de un autor que había escrito una historia sobre una juguetería. Me sentí un profanador y retrocedí en la oscuridad. Con el codo tumbé a un descamisado. Lo escuché caer al piso con un gemido resignado. Mis fosas nasales percibieron el polvo y me llevé las manos a la nariz; estornudar habría sido el acto de blasfemia más oneroso. Seguí retrocediendo y me ubiqué junto al bulto macizo que debía ser Gómez.

—¿Qué? —inquirió su voz brusca y cortante.

—Nada —respondí apretando al gato en mi regazo.

El silencio se metió entre nosotros. En situaciones como éstas me sentía aún más idiota, no sé por qué, quizá porque había visto a tantas personas desconocidas entablar una conversación con facilidad, con cordialidad, con soltura. Cuando presenciaba aquello me preguntaba por qué yo no podía. Delante de los débiles yo era soberbio, pero frente a mis jefes o ante los que tenían más poder que yo, me trancaba y no podía entablar un diálogo simple, llano, sin tensiones. No sé por qué, pero cada vez que me ocurría aquello, me obligaba yo mismo a hablar, a decir cualquier necedad más incómoda que el silencio incómodo que tanto me preocupaba.

—Gracias —agregué con un hilo de voz, y me pareció haber dicho algo drásticamente cercano a la estupidez. La sinceridad, el agradecimiento, los buenos sentimientos me resultaban vergonzosos.

—¿Gracias por qué? —gruñó Gómez.

—Por haberme defendido, por haber puesto en su lugar a Chifa, a pesar de...

—Cumplo con mi deber —cortó el detective.

—De todos modos, gracias.

—De nada. —Hizo una pausa y luego—: Más bien gracias a ti por no abandonarme en lo de Charleori.

No dijimos más, pero tuve la impresión de que la absurda sensación inicial había desaparecido y por fin las palabras servían. Como una corriente en el aire, algo había quedado; algo simple, breve e indeleble había sido establecido, sin necesidad de grandes diálogos ni grandes escenas. Así era la vida, y yo me sentía vivo por primera vez en mucho tiempo.

Recostados de la pared, dejamos que el silencio terminara de echarse a nuestros pies, como un gran tigre que se permite un momento de ternura.

—Muy bien, caballeros —dijo una voz en la oscuridad—, ya que por fin se entienden, podemos seguir adelante.

El rostro de Ángela apareció en el cono de luz que se proyectaba gracias al círculo que Gómez había hecho en la vitrina. Era el rostro de una virgen flamenca: redondo, de barbilla estrecha, frente ancha y ojos saltones y poderosos. Era el rostro de Bette Davis, ahora virgen maquillada y lasciva, virgen bizarra rodeada de aura, encuadrada con lente *soft* en la escena claroscura.

El rostro de Ángela giró y se encaminó hacia la puerta del fondo. Gómez se fue tras aquella larga caballera y yo tras mi dilecto amigo.

CAPÍTULO II

De una trastienda que es mejor conocida como el *Ora pro nobis*

Bajamos por unas escaleras hacia la oscuridad, siguiendo a una Ángela muy diferente a la que habíamos visto antes de que nos dejara en la tienda.

Esta Ángela llevaba ahora el cabello suelto, se había librado del traje de sastre con que se apareció donde Alain Charleori y vestía una mini falda amarilla y una estola de piel que caía hacia delante y dejaba ver la plenitud de su espalda torneada. Me pregunté si aquella estola cubría sus senos. Tal cosa pude comprobar cuando estuvimos frente a la puerta de metal al final del pasillo que seguía a la escalera: efectivamente, la estola cubría sus senos, dejando ver lo suficiente como para adivinar lo demás, para desear el resto.

Ya junto a ella, pude detallar su maquillaje profuso: las mejillas eran de un oscuro rubor, como si las pasiones del sexo le consumieran la vida; los labios de un rojo brillante, como sangrando de placer; y los ojos de un negro enigmático, como los de Cleopatra, históricamente intensa y concupiscente.

Una vez atravesado el mencionado pasillo y frente a aquella puerta de metal, Ángela tocó el timbre.

Del otro lado sonaba encajonado un merengue dominicano. Una ventanilla se abrió y se oyó una voz afeminada: «Hola, querida, ya te abro».

La ventanilla se volvió a cerrar y se abrió el portón de metal. En un pequeño patio cubierto de sombras vimos a un hombre moreno, delgado, alto, de rostro redondo, cachetes abombillados, bigotes como de poblada de hormigas negras y ojos oblicuos como quien espía entre persianas.

Traspasamos la puerta. Sobre nuestras cabezas se alzaba un cielo sin estrellas ocupado por una inmensa luna llena. El merengue dominicano sonaba ahora con más fuerza.

El hombre moreno hizo que lo siguiéramos hacia una reja semiabierta. Pasamos a otro pasillo tan escasamente iluminado como el anterior, y desembocamos en un salón donde todas las cosas parecían girar bajo el dominio de un viento gélido. El merengue nos rodeó como una jarana de rumberos.

Me pareció que todo era amorfo y fantasmal. Sentí que me encontraba en un lugar fragmentado, ajeno a ideas relacionadas con el todo o la unidad. Era un sitio hecho de caos, de partes sueltas, dispersas y libres.

Allí pude ver mesas, sillas, tacones, piernas torneadas, faldas cortas, dedos largos, uñas filosas, anillos exuberantes, relojes de oro, cigarrillos y cigarros, humos de cigarrillos y de cigarros, aire acondicionado, sofás, esquinas, penumbra, escotes abundantes, turgencias blandas, turgencias duras, boquitas pintadas, pestañas largas, miradas voraces, espejos, barra de bebidas, sillas altas, ridículo corbatín, botellas, vasos, líquidos parduscos, hielos, servilletas, círculos de agua con pretensiones espirales sobre las mesas, ceniceros, mangas con gemelos de oro, corbatas, bigotes, barbas, dientes, lenguas, carteras, chequeras, billetes, tarjetas de crédito, delicia.

De algún lado salieron unos vasos de whisky. Ángela brindó por no sé qué cosa. Gómez y yo brindamos con ella y con Homero, que así se llamaba el hombre moreno y afeminado.

—Bienvenidos al *Ora Pro Nobis* —escuché decir a Homero.

Ángela se colocó frente a mí. Creo que me lanzó un beso, estoy casi seguro de que me lanzó un beso aéreo y que yo lo recogí con los ojos cerrados. Cuando los abrí, ya no tenía a Hugo entre mis manos.

Pude ver a Ángela caminando hacia el fondo del lugar, hacia una puerta. Veía su espalda, sus caderas, sus piernas. Veía la cola peluda de Hugo que salía a un lado de aquella maravillosa mujer. No me preocupé.

Homero nos invitó a pasar a la barra. Nos sentamos en unos banquitos altos. Homero se apostó del lado del barman; sonreía y mostraba sus dientes blanquísimos. Gómez también sonreía, y yo hacía lo mismo.

Estábamos felices, inmensamente felices, como hechizados por algún canto de sirena subliminal que se escondía tras aquel merengue de burdel.

Poco después, sin causa aparente, me llenó una extraña sensación. Me sentía como montado sobre un navío, navegando un mar de calma chicha que, poco a poco, me iba arrastrando hacia los escollos.

Pensé en Hugo. Aunque una parte de mi mente tenía el conocimiento exacto de que Ángela se lo había llevado, una pequeña voz no paraba de preguntarme «¿Dónde está Hugo? ¿Quién te lo quitó? ¿Dónde está el maldito gato?».

Me embargó una angustia indecible y se la quise comunicar a Gómez, pero el colega ya no me acompañaba. Cigarrillo en mano, estaba en el centro de la pista junto a varias mozas de alegre talante.

Me animé, me acerqué al grupo y me pegué al cuerpo de una de las mujeres. Me pareció que todos reíamos a mandíbula batiente.

Como en un sueño, como si se tratara de una torre de ladrillos livianísimos, vi a Gómez derrumbarse por partes, por cuadros, hasta que finalmente lo descubrí otra vez tendido, otra vez completo, a todo lo largo del piso. Yo seguía riendo a carcajadas.

La mujer con la que bailaba me agarró la cabeza con ambas manos y me giró hacia ella. La mujer era Ángela. Dejé de reír. Ángela empezó a susurrarme al oído un discurso que todavía hoy puedo recordar a la perfección, como si me lo hubieran repetido todos los días desde mi nacimiento. Ella decía, recitaba, cantaba:

—Yo soy la Gran Hetaira, yo soy la Gran Madre, la nacida en el principio de los tiempos, la cueva, el surco, la vagina que recibe la semilla, el hueco, la tierra sobre la que descansa tu pie. Me has llamado Baalath, Mylitta, Astarté, Aanitis, Istar, Isis, Démeter, Hécate, Ceres, Afrodita. He tenido la forma de un cono blanco y he sido adorada en la Bubastis del esplendor egipcio. Fui Hontsen, la hija de Keops que yació con hombres a cambio de piedras para la magnánima tumba de su padre. En Babilonia me entregué a los forasteros en una tienda a las afueras del templo, con una corona de cuerdas alrededor de mi cabeza. Allí he sido hermosa y apenas aguardé un día, pero también he sido horrenda y he esperado durante años el *lingam* del extranjero y la moneda que ha de ser mi ofrenda a la diosa y mi liberación final. Finjas, hijo de Eleazár, hijo del sacerdote Aarón, nos atravesó con una lanza, a mí y a mi amante, en la Tienda de las Citas Divinas. En los templos fenicios he fornicado durante siete días. En Armenia, mi noble familia me ha puesto al resguardo de la diosa en el templo de Acilesena; allí, mi cuerpo ha sido público por un largo período. A manera de imagen rústica, groseramente tallada, surqué los mares en las proas rojas venidas de Trípoli y en las proas negras de los piratas de Sardes, junto con especies, joyas, esclavos, animales exóticos y telas de Siria. Conocí el mar de las Cícladas y desembarqué en tierras helenas, donde comuniqué los secretos a Eleusis y me uní a los hombres del Ática. En Pafos, fui hija del rey sacerdote Ciniras y me di a los hombres por mandato de mi padre. Yo sigo teniendo el poder. Ni Zeus, ni Orfeo con su luminoso Dionisio, ni Dios, ni Alá, ni Buda, ni Yavé, ni ningún otro dios de los tiempos de la contaminación han podido derrocarme. Jamás sucumbí a la derrota ni a la muerte. Sólo me he hecho más poderosa en los límites de la mente y en las puertas secretas de la naturaleza, pues yo soy la reina de los cortejos salvajes, de las cavernas en las montañas, de los ríos subterráneos, de los bosques recónditos, de los cruces de caminos y de la Luna. Soy voluptuosa, soy orgía, soy maga, seductora, sanguinaria, descuartizadora. Soy danzas y risas, gritos, desnudez, convulsiones, paroxismo, placer, orgasmo y locura sagrada. Yo soy la Gran Puta, y tuya soy, soy tuya.

Ella terminó de hablar y besó mi cuello. Sentí entonces que me tocaba la entrepierna, el centro de mi universo, mi *omphalos* secretísimo. Tuve la sensación de que estaba a punto de estallar, de convertirme en millones de gotas de placer. Entonces, ante mis ojos, mil musarañas. No supe más de mí.

CAPÍTULO III

Donde se leen más declaraciones de reportes

Penúltima nota en la libreta del detective Gómez (con sus pensamientos intercalados)

7:30 – 8:00 PM aprox.

Nos encontrábamos en un burdel de nombre *Ora Pro Nobis*. El intendente del lugar —un homosexual colombiano llamado Homero— nos ofreció agua... (¡qué agua! ¡whisky, coño!). Fue un error aceptar la bebida, pero estábamos sedientos. (¡Qué error ni qué carajos!). Alguna droga fortísima contenía el trago. Al cabo de unos minutos caímos inconscientes. No supe más, lamento dejar esta parte del relato incompleta (¿de verdad lamento esta vaina?). Asumo todas las sanciones que de este error se deriven. (¡Qué sanciones ni qué carajos! Ya me estoy cansando de escribir en esta maldita libreta, ya me estoy cansando de rendirle cuentas a los demás, ya me estoy cansando de todo... Mejor me fumo un cigarrillo).

Declaración del espejo del armario del cuarto de Ángela

Despertó en mi cuarto, frente a mí, acostado en la cama y desnudo de la cintura para arriba; es decir, sin camisa y aún con los zapatos y los pantalones puestos, que es la cosa más desagradable y confusa que he visto le suceda a un hombre que se despierta perdido en un cuarto de burdel.

Se llevó las manos a la frente, tanto como para evitar la luz del techo y enfocar el mundo viscoso que tenía adelante, como para obrar ese absurdo ritual de llevarse las manos a las sienes cuando martiriza un punzante dolor de cabeza.

Mientras las venas le palpitaban como un río de miles de corazones diminutos, sintió que los dedos se le multiplicaban, que le nacían de entre los suyos unos más delgados y suaves. Entonces se percató de que otra mano descansaba sobre la suya.

Giró la cabeza lentamente sobre la almohada y pudo distinguir un rostro femenino. En alguna parte de su mente escuchó un nombre de mujer. El reconocimiento de la palabra —y de la mujer— fue lento y por partes.

Aquella era la «A» y aquellos los ojos de Ángela... la «n» y las cejas de Ángela... la «g» y la nariz de Ángela... la «e» y la frente de Ángela... la «l» y la boca de Ángela... la «a» y las manos de Ángela en las suyas...

Las manos de Ángela en las suyas.

Abrió la boca para decir algo. La lengua le pesaba. Ángela sonrió y le dijo que se estuviera tranquilo, que todo estaba bien.

Vio que ella se inclinaba hacia el lado contrario y volvía hacia él. Una mano, la de Ángela, y un cuenco de plástico entraron en su campo visual. La mano dejó el cuenco a la vera de su cuerpo rendido.

La boca de Ángela sonrió una vez más, como excusándose, como pidiendo permiso, y apartó la mano que tenía sobre la suya. Vio que la espalda de Ángela se curvaba otra vez. Sus manos regresaron llenas de una espuma blanca y con olor a mentol y alcohol. Esas manos y esa espuma fueron ocupando su rostro, los espacios ocupados por su barba.

Afuera, empezó a escucharse la voz de Chavela Vargas.

Como espuma que inerte lleva el caudaloso río,
flor de azalea, la vida en su avalancha te arrastró.
Pero al salvarte, hallar pudiste protección y abrigo
donde curar tu corazón herido por el dolor.

Tu sonrisa refleja el paso de las horas negras;
tu mirada, la más amarga desesperación.
Hoy para siempre quiero que olvides tus pasadas penas
y que tan sólo tenga hora serena tu corazón.

Quisiera ser la golondrina que al amanecer
a tu ventana llegue para ver a través del cristal,
y despertarte muy dulcemente, si aún estás dormida,
a la alborada de una nueva vida llena de amor.

Al principio tuvo la sensación de que aquel bolero lo cantaba él para ella; él, que estaba allí para salvarla, para amarla, para sacarla de aquella vida de puta barata. Él en un jardín, con la cara hacia el balcón donde Ángela se eludía entre cortinas.

La eternidad de la escena se deshizo con la fuga de la canción, que reptó como un silbido por debajo de alguna puerta hacia una sala oscura de su mente. En aquel nuevo lugar se escuchaba por primera vez la voz de la Vargas, y ahora Ángela, sentada otra vez a su lado y al borde del lecho, lo acariciaba lentamente. Él, un ser trágico, de mil caminos de espinas, y ella, una curandera celestial que lo miraba con un amor intenso y melancólico. En este turno y en este nuevo espacio, la canción era de ella para él.

Las manos de Ángela mostraron un instrumento metálico y plateado que recordaba una palita o una cruz quizá. Él lo reconoció y, aunque no supo darle nombre, no tuvo miedo.

Aquel instrumento fue apartando la espuma de su rostro, y luego se alejó. Él vio que era introducido en el cuenco lleno de agua. La espuma y miles de pelitos negros —cuyo origen aún no podía determinar— quedaron flotando sobre el líquido.

Una vez conocido el destino del instrumento y de la espuma, desvió la mirada hacia el rostro de Ángela. Se dedicó a mirarla por partes, como un sublime cuadro cubista; sólo así podía hacerlc, sumido en aquel sopor trastocado y trastornado.

Al cabo de unos minutos, se quedó dormido.

Última nota del detective Gómez
(sin paréntesis ni pudores)

10:00 PM. aprox.

Desperté en un cuarto de aquel burdel.

Cuatro paredes, una cama, un baño y un gran espejo en el armario. Me puse en pie. Noté que aún me encontraba bajo el efecto de la droga. Me pesaba el cuerpo. Era como si me hubiesen metido otro esqueleto en la piel y ahora tuviera dos, dos esqueletos. Caminé hasta la puerta e intenté abrirla. Estaba bajo llave.

Me di media vuelta y me encontré con una mujer desnuda en la cama. Deduje que había salido del baño, a mano izquierda.

No sé si fue por su silencio, por sus líneas y su manera de mirarme, pero mi mente la percibió como una gran serpiente al acecho. Por fortuna, poco a poco la fui reconstruyendo. Cada parte humana que encajaba de nuevo sobre su cuerpo era como la pista de un caso. O algo así.

Era una mujer blanca, caucásica, cuerpo entrado en carnes, cabello oxigenado y rostro exótico y devastado por el vicio.

Hábil, conocedora de su oficio, se había dispuesto en una tal posición sobre la cama que lucía apetecible.

Me quedé allí en la puerta. En guardia. La mujer me sonrió, me saludó con calidez. Dijo llamarse Ana.

Yo seguí junto a la puerta durante unos cinco minutos. Le pregunté quién la había enviado. La mujer soltó un par de carcajadas. No me respondió.

Después de haberla dejado reír a sus anchas, me lancé sobre ella. Usé la fuerza física para hacer efectivo el interrogatorio. Tomándola de los hombros, la sacudí. La mujer se negó a responderme. Sus ojos estaban mojados de deseo. Quizás su vagina también.

Me alejé de ella. Volví a hacer guardia en la puerta. Ahora, en el mismo sitio, estoy escribiendo estas notas. Pero ya no tengo ganas de seguir. Miro a esa mujer y no me puedo aguantar. Su mirada y su cuerpo se me meten en la cabeza. Me hablan con una voz femenina que me hace preguntas. Es ella dentro de mi cabeza. Telépata. Ociosa. Sabrosona. Cochinita.

¿Oye papito, te vas a quedar ahí parado? ¿Vas a seguir haciendo lo mismo toda la vida?

¿Por qué no te dejas derrotar? ¿No entiendes, papi, que esa derrota será un triunfo? ¿Cuándo vas a dejar de escribir esas notas? ¿Estarás haciéndolo hasta el fin de tus días? ¿O hasta el fin de los míos, papucho?

¿Seguirás siendo un policía correcto, tonto y honesto hasta el absurdo? ¿No te atreves a más, mi rey? ¿Acaso no ves que me estoy regalando? ¿No te das cuenta de que estoy recién sacada del horno? ¿No me quieres? ¿Toda todita?

Coño, esto será lo último que escriba.

No más reportes. Ya basta.

Declaraciones del espejo del armario de Ángela

Despertó y ya Ángela no estaba, pero tuvo el presentimiento de que no se encontraba solo. Bajó la mirada y vio al gato sentado a su lado, a la altura de su abdomen. Estiró la mano para acariciarlo y no pudo. Hugo estaba demasiado lejos, a millones de años luz.

Se durmió de nuevo...

Volvió a despertar. Decenas de rostros de mujeres lo rodeaban y le sonreían. Quiso decir algo, quiso ponerse en pie, pero volvió a sumirse en una oscuridad imbatible...

Cuando abrió los ojos por tercera vez, el mundo ya no era tan confuso; todas las cosas estaban en su sitio y no había nada extraño como gatos fugaces o rostros espectrales.

Con dificultad, logró sentarse y miró hacia los lados.

Apenas podía mover la cabeza.

Se sentía sobre un bote a la deriva.

Con pesadez, se fue impulsando con los brazos hasta el borde de la cama; una vez allí, como arrojando anclas, dejó caer las piernas al piso.

Se llevó las manos a la cara, se la frotó con fuerza y por fin se miro en mí. Tardó en reconocerse.

Se acercó aún más, empezó a detallar todos y cada uno de los pliegues de su rostro. Buscaba los vestigios del viejo Teofilus y no los encontraba. Era él, sin duda. Pero su piel había cambiado, ahora la tenía tersa y reluciente. Se vio sentado en el piso del patio de la casa de Alain Charleori, las piernas cruzadas, el gato en su regazo. Sonrió al recordar que Chifa le había ofrecido entregarle a su mujer a cambio del gato. «¡Qué estúpido!», se dijo. Volvió a mirarse con más detalle en mí y se acarició una mejilla.

—Te ves mejor sin barba —escuchó que decía Ángela a su espalda. Desde mi interior Teofilus Jones buscó el sitio de donde suponía debía provenir la voz.

Allí, en un pedazo de cama, acostada, cortada por mí a todo lo largo, estaba ella, vestida con una bata blanca de tela muy fina, casi transparente.

Él dio la vuelta y la vio en su totalidad, con dos caídas de cabellos rizados y bermejos sobre dos hombros huesudos y sensuales, con dos pechos pequeños, turgentes, con dos piernas largas, torneadas, poderosas.

—¿Dónde está el gato? —fue lo primero que se le ocurrió, como si lo hubiese dicho otro por él.

—Está a salvo, Jones, y tu también estás a salvo.

La mujer acarició la otra parte de la cama desocupada.

—Ven, tenemos mucho de qué hablar.

—¿Por qué habría de confiar en ti?

—¡No seas ridículo! Hasta ahora lo has venido haciendo bien.

Teofilus Jones pensó que ella tenía razón. Se acostó de lado y junto a ella, con un codo en el colchón, la palma de la mano en la mejilla y los dedos entre los cabellos. Se sentía cómodo y seguro, como si aquella posición la hubiese repetido millones de veces en este mismo cuartucho, ante mi presencia de azogue y silencio.

—¿Recuerdas que me llamaste espía hace algunos días atrás?

—¿Hace algunos días...? ¿Han pasado días desde entonces?

—¿Recuerdas o no?

—Sí, claro...

—¿Y recuerdas que me puse muy nerviosa?

—Si, lo recuerdo... y precisamente quiero aprovechar para pedirte discul...

—Durante años —interrumpió ella—, yo fui la secretaria, nada más que eso, la muchachita boba sentada en su escritorio día tras día, con las piernas convertidas en raíces que se incrustan bajo el escritorio; la chica que se pudre, que ve pasar los mejores años de la vida de los demás. Esa fui yo durante mucho tiempo, hasta que conocí a las sacerdotisas de Bastet, las adoradoras de la diosa gato. Ellas me cortaron las raíces que me esclavizaban a aquella oficina, me dieron las alas de la sabiduría, una vida expresada en una religión verdadera, antigua, profunda y distinta a las entelequias gubernamentales. Ellas me hablaron de La Gran Puta Loca del Apartamento Más Alto de Parque Principal. Una mujer sabia que vivió una vida mundana y feliz durante años en una de las Torres de Parque Principal como dueña de un estudio de masajes relativamente exitoso. Pero cuando la crisis del agua acabó con todo, hasta con las putas, esta mujer se quedó sola y muerta de hambre. Dicen que tenía gatos, y que sus gatos fueron muriendo uno tras otro; hay quien dice que tuvo que comérselos para sobrevivir. En su angustiosa soledad, se entregó a la meditación y al silencio. Finalmente, una noche, Bastet se le apareció en sueños y le reveló la antigua religión y las profecías. La Gran Puta Loca del Apartamento Más Alto de Parque Principal anotó todo lo que la diosa le dijo y salió al mundo a transmitir su hermoso y esperanzador mensaje de salvación. Había pasado la primera gran crisis, y de algún modo las cosas habían vuelto a la normalidad, a esta precaria normalidad. Los hombres habían vuelto a pensar en el sexo, se hacían negocios bajo cuerda, el mercado negro producía algo de dinero. Así que empezó a instalar nuevos burdeles, burdeles sagrados esta vez, burdeles destinados a preparar la llegada del nuevo tiempo..

—Una puta loca y vieja, la salvadora del mundo... Conmovedor realmente —dijo Teofilus Jones, sonriente, irónico—. Pero dime una cosa, ¿cómo esos burdeles servirían para disponer ese futuro provechoso?

—Espera, ya te lo voy a decir —dijo Ángela, le tocó una mejilla con la punta de una uña, y siguió con su discurso—: Nuestra maestra ya murió, y ahora vive en la Gloria Eterna de Bastet. Pero su libro está con nosotros, nos guía en los antiquísimo rituales y nos da las instrucciones necesarias para encarar el porvenir. El mensaje se sigue pasando, sus seguidoras van en aumento, y yo soy una de ellas. Yo he leído el libro, yo conozco las profecías. Sé lo que dicen y lo creo fervientemente. Creo, y lo creemos todas, que los tiempos aciagos acabarán cuando la diosa envíe a un mensajero que señalará al hijo perdido de Bastet, el salvador de este mundo, el que hará llover de nuevo. Las profecías también dicen que él llegará a uno de nuestros burdeles.

Ángela acariciaba los cabellos de Teofilus y él escuchaba en silencio, con los ojos entrecerrados, como un enorme gato, eterno y sagrado. La voz de la mujer le llegaba como protegida entre almohadones y sábanas de seda, inciensos y brisas templadas.

—La salvación de nuestro mundo se dará gracias a la unión sexual de las sacerdotisas con el hijo de Bastet, aquel que nació de la simiente partenogénica de la diosa. Poco más nos dicen. Una cifra arcana permitió establecer que el hijo quizás se encontraba en este país o en el vecino. Aquí y en el otro, vinieron a instaurarse las sacerdotisas hace años. Su labor y su sacrificio han consistido en instaurar burdeles sagrados y entregarse a todos los hombres hasta que por fin el hijo de Bastet llegue a ellas. Su arribo, según las profecías del libro, será anticipado por el mensajero. Pero allí el texto no es muy claro... Así que no sabíamos exactamente quién o qué era el mensajero. Entonces, justo donde esta humilde servidora de Bastet trabajaba, allí, en ese profano rincón del universo, apareció el heraldo. Era un gato, una mascota, un animal prohibido, hermoso, enigmático, magnético. No podía ser otro el mensajero de Bastet. Luego, en sueños, la diosa nos lo corroboró. Y así, gracias al emisario, hemos encontrado al hijo perdido de la diosa. Ahora estamos listas para unírnosle, todas nosotras, todas a la vez en una gran orgía sagrada. Sí, estamos listas, aunque no sabemos si él estará listo para nosotras, y por eso he venido a preguntárselo.

—Yo creo que a alguien que le hagan una propuesta de esa naturaleza, no se podría negar... Imagínate, si fuera yo... —Teofilus calló y fue como si sus facciones hubiesen partido fugazmente para otra parte y hubieran regresado luego de haber visto el rostro de todos los dioses.

—¿Si fueras tú? —quiso saber Ángela.

Teofilus Jones se puso de pie, dio un par de pasos hacia atrás, luego giró lentamente y se miró en mí. Hizo una sonrisa extraña, incrédula y atemorizada.

—No, no… —dijo ahora mirando a la mujer desde la misma posición—. Vamos a empezar por el principio, porque no puedo asumir una cosa así con ligereza. —Dio vuelta y desgajó las palabras con nervioso atropellamiento—: En primer lugar, yo conozco a mi padre y a mi madre; y, que yo sepa, mi padre no es ningún guerrero y mi madre ninguna diosa. Además, yo soy un clon, un vulgar clon burocrático, terrenal, mediocre y lleno de rabia. Alguna vez tuve uno que otro conocimiento intelectual a través de mis estudios literarios, pero soy ajeno totalmente a la experiencia mística y religiosa que tanto pregona el gobierno, o a cualquier otra que tenga aires de ser más profunda y que pretenda estar en contra de los estatutos del Estado. Mi existencia no vale nada, yo no tengo nada de especial, mucho menos de divino o celestial.

—Te hemos investigado, sabemos de tu nacimiento en detalle —continuó Ángela—. Tenemos el reporte de la clínica y la historia que Bastet nos ha contando en sueños. Porque por fin ella ha hablado, ahora que tú apareciste, nos ha empezado a hablar a todas en nuestros sueños…

Ángela se desplazó sobre la cama, abrió una gaveta de la mesita de noche y sacó una carpeta. Con los ojos fijos en Teofilus Jones, la dejó caer al borde la cama y lo invitó a revisarla.

—Ahí está el reporte de la clínica donde naciste.

—Sí, en aquel tiempo todavía existían clínicas —replicó él, que no sabía qué decir. Acto seguido recogió la carpeta y la abrió. Era un envejecido reporte médico. Empezó a leerlo. Ángela repitió lo mismo que decía el reporte, pero con los agregados, o más bien los entretelones, aportados por su pensamiento sagrado:

—Sabemos que el bebé que tu madre dio a luz, murió. Es decir, el verdadero hijo de aquellos a quienes llamas «padres» falleció al nacer. Sabemos que el cuerpito del Teofilus original fue dejado a un lado, sobre una fría lámina de metal, al tiempo que los médicos terminaban de atender a tu madre, que presentaba un cuadro bastante grave.

»Mientras los médicos se afanaban en salvar por lo menos la vida de la mujer, la diosa Bastet entró a la sala de partos y se acercó al niño muerto. Ella sacó de sí la simiente autofecundada y la sembró en el pecho yerto del nonato. Giró luego hacia la madre, la acarició y le habló con ternura, diciéndole que iba a tener al niño y que ella iba a vivir. Tu madre regresó de aquel pozo de muerte donde se había sumido, abrió los ojos, vio a la diosa que le sonreía y a su hijo, al fondo, que comenzaba a mover los bracitos y las piernas. Tu madre lo señaló y los médicos voltearon a ver. El niño había empezado a llorar. Ese niño era el hijo de Bastet, eras tú, Teofilus.

Jones se dejó caer sobre el borde de la cama, en el extremo más alejado de Ángela. Le temía, en aquel momento ya le temía.

—¿De dónde sacaste esa historia?

—Te lo repito: del reporte que acabas de ver y de lo que nos contó la diosa en sueños.

—¿En sueños? ¡Es absurdo! ¿Te estás escuchando, Ángela? Tu religión es tan falaz como las del gobierno. Todo es falso, todo es irreal...

—Yo soy real, Teofilus, y todas las sacerdotisas que nos vamos a entregar a ti también somos reales.

Teofilus Jones sintió que debía recapitular, empezar de nuevo desde el principio, ver dónde se había torcido la historia e intentar llevarla por el camino correcto.

—¡Sigo sin entender nada! Hablaste de un mensajero...

—Hugo, el gato, es el mensajero.

—¿Por eso era tan importante para ti?

—Sí, por eso.

—Y es importante para Lenín Chifa. ¿Acaso él también cree en esa diosa tuya, y también piensa que yo soy...?

—No, Chifa no cree en nada; Chifa es un hábil tramoyista que ha convertido la mampostería en esplendor. Para él, tú eres solamente parte de un plan retorcido para hacerse de mayores cuotas de poder. Sin embargo, el día que fuiste asignado al cuidado del gato, fue cuando empezamos a sospechar que tú eras el hijo de Bastet.

—Sigo sin entender.

—Bueno, para serte franca, al principio no creímos que fueras tú, sino Gómez. Tendrás que admitir que no era fácil pensar que un clon burócrata y feo era el hijo de nuestra hermosísima madre. Pero el mensajero insistía en ti. Todavía en el burdel, una noche, Hugo se nos perdió. Lo estuvimos buscando hasta el amanecer. Sólo al final vinimos a tu cuarto. Y allí estaba, junto a ti.

—Creo recordar haberlo visto, sí... y también recuerdo unos rostros de mujeres que me miraban...

—Éramos nosotras, que contemplábamos extasiadas al hijo de Bastet.

Teofilus se sonrojó, pero igual prosiguió con sus dudas:

—A ustedes les intereso yo, y a Chifa, el gato. ¿Por qué a Chifa habría de interesarle un gato?

—No solamente a Chifa, sino también a los Monjes del Embalse Seco. Chifa y los Monjes tienen intereses distintos. Sin embargo, Chifa los utilizó. Ellos necesitan un gato para realizar un sacrificio a Indra, su dios. Los Monjes del Embalse Seco son producto de una mezcla de budismo, hinduismo y supersticiones muy antiguas; un grupo de hombres que, embebidos por el torbellino de creencias confusas, y enloquecidos por la sequía interminable, se fueron a vivir a uno de los recodos del embalse de Camadeagua. Allí, alejados del mundo, amasaron sus creencias y su odio. Se entrenaron para la guerra y cometieron actos terroristas contra el gobierno. Decían que el Sumo Sacerdote los había engañado; decían que por su culpa, por sus malas obras, por su soberbia, los dioses le habían vedado las lluvias al país. Un día empezaron a clamar que el Sumo Sacerdote tenía un instrumento sagrado en su poder que debía restituir las lluvias. Pero el gobierno lo negaba una y otra vez...

—¿Un instrumento sagrado?

—Sí, los monjes sabían que en el gobierno había un gato. El gato del Presidente.

—¿Y para qué los monjes querrían al gato de El Sapientísimo Líder?

—Para sacrificarlo, para hacer llover. En Camboya se realiza un ritual que consiste en transportar de casa en casa a un gato metido dentro de una jaula. Cada vecino debe regarlo con agua con el fin de hacerlo maullar. Sus maullidos conmueven a Indra, dispensador del aguacero fecundante. Los monjes adaptaron esta antigua creencia camboyana, agregando un final más cruel. Consideran que después de realizada la procesión, el gato ha de ser sacrificado para que su alma vaya junto a Indra y le dé consuelo y alegría. Como ves, para los monjes, el gato es la clave para los nuevos tiempos; y sí, lo quieren muerto, pero luego del ritual; por eso no se atrevieron a dispararle en casa de Charleori. En cambio, Chifa quiere al gato muerto sin ensuciarse las manos. Supongo que el intento de matarlo él mismo fue un acto de desesperación. Aunque le hubiera dado igual matarlos a todos y no dejar testigos. No puede ponerse en evidencia, porque su plan estriba en ganar todavía mayor influencia sobre el Presidente. Esta es la razón por la que Chifa contacta a los monjes y les promete la entrega del gato con la condición de hacer ver que son ellos los únicos autores del secuestro y posterior asesinato. Chifa, por medio de los monjes, también intensifica los atentados terroristas y convence al Sumo Sacerdote de que el gato está en peligro. Entonces sugiere ocultarlo durante un tiempo, hasta que pase el caos. El Presidente y Sumo Sacerdote accede. Chifa se lleva al felino e informa a los monjes que lo tiene un policía burocrático e inofensivo. Ellos van, se lo quitan al policía inútil y se lo llevan para sacrificarlo. ¿Ves? Era un plan perfecto.

—Un plan perfecto que falló.

—Sí, como todos los planes «perfectos» —dijo Ángela haciendo las comillas aéreas de Chifa con los dedos—. Tú no resultaste tan inepto como él pensaba, y luego intervino Gómez. Ustedes lograron sacar a Hugo de tu casa. Esto hizo que Chifa interviniera directamente donde Charleori. Quiso hacerte creer que ya habías llegado al final de tu misión, pero Gómez no se dejó engañar y evitó que entregaras al gato. Si lo hubieses hecho, Chifa se lo habría entregado a los monjes y ustedes seguramente habrían sido asesinados. Al final, ustedes iban a morir de cualquier manera.

—Estamos vivos gracias a ti, entonces.

—Podríamos decir que sí, en parte. Lo que nunca se llevó a cabo fue nuestro plan inicial, que era tener al gato antes que los monjes y por medio de una operación más sutil. Yo debía ir a tu casa a seducirte, a acostarme contigo y a darte luego una bebida con somnífero. Así de sencillo. Cuando te durmieras, yo me iba a llevar al gato. ¡Imagínate, sin saberlo, estuve a punto de tener sexo con el hijo de Bastet!

Jones se movió incómodo en su sitio. Ángela sonrió coqueta y continuó:

—Pero los monjes actuaron demasiado rápido y nos tomaron la delantera. Claro, actuaban bajo las órdenes directas de Chifa.

—Está bien, entiendo lo de los monjes y entiendo lo del plan de Chifa... Pero no sus fines. ¿Cómo puede afectar un gato al Presidente y Sumo Sacerdote? Es más: ¿qué carajos hace el Presidente y Sumo Sacerdote con un gato?

—Chifa es el gran tramoyista de todos los engaños y las ilusiones. Hasta el Presidente Venerado cree todo lo que él inventa.

Del otro lado empezó a oírse un ruido de feria. Ángela volteó hacia la puerta y ésta se abrió de golpe. Una mujer morena, de rostro voluptuoso, introdujo medio cuerpo en el cuarto, dijo algo y volvió a cerrar la puerta. Fue tan rápida su acción que las palabras fueron pronunciadas luego de que se hubiera marchado. «Llegó el hombre, llegó el hombre», se escuchó que decía la voz ya sin boca.

Ángela se puso en pie y fue hacia la puerta. Abrió y le dijo a Jones que saliera con ella.

—Espera, espera, no termino de entender —dijo Jones—. Necesito saber más del asunto ese del hijo de Bastet, y lo del gato del Presidente y...

—Luego, ahora no hay tiempo —dijo Ángela y salió.

Jones se fue tras ella.

CAPÍTULO IV

Donde vemos que entre malas compañías la vida es más sabrosa

*Ya estaba yo tan hallado
con ellos como si todos
fuéramos hermanos, que
esta facilidad y dulzura
se halla siempre en las
cosas malas.*

Francisco de Quevedo

...que las malas compañías son las mejores

Joaquín Sabina

Lo primero que capté fue la música. Sonaba un mambo a todo dar y una mujer pegaba grititos de soprano. Era otra vez la voz de Yma Sumac. Al fondo de local, se encontraba la dama del peinado a lo Luis XVI.

Ayyyyyyyy, un lamento que llega al cooooorazoooón...

Lamento negro que va...

Ayyyyyyyyy, lamento que llega al cooooorazón...

La dama estaba doblando a la cantante peruana. A su lado, el enano bailaba el mambo con desenfado.

Ángela me tomó de la mano y empezamos a caminar hacia el fondo. Pasamos entre algunas mujeres que bailaban alegres junto a unos edecanes no tan firmes ni con tanto porte militar, pues sus cuerpos parecían apenas sostenidos por el vaso de whisky que tenían en sus manos.

Uno de aquellos edecanes detuvo a Ángela y le preguntó de mala manera quién era yo. Ángela le dio un besito en la mejilla y respondió que un amigo; el edecán se dio por satisfecho y siguió en lo suyo.

Seguimos hasta el fondo y fue entonces cuando vi al Excelso Barbado.

Estaba frente a la artista en doblajes, bailando mambo, aplaudiendo y libando, todo a la vez y en la perfecta sincronía de aquel que ya ha tomado algunos tragos de más.

Ángela empezó a bailar junto a él y me exigió con la mirada que hiciera lo mismo. Yo soy muy malo para el baile, pero no me quedó más remedio que obedecer. Y ahí me vi, moviendo mis brazos de estacas, mi cintura de acero y mis pies de plomo. La última vez que bailé tenía yo unos trece años. Estaba en una fiesta de una amiguita de colegio. Toda la noche había estado sonando una cosa horrenda de ritmos caribeños y yo no me había atrevido a moverme, pero por fin, cuando el hermano mayor de la amiguita se apareció y puso su rock, algo clásico, quizás de Ted Nugent, yo me dije que ahora sí sonaba lo mío y salí a bailar. Brincaba así de lo más feliz en medio del pasillo donde se llevaba a cabo la fiesta, cuando noté que mis compañeras de salón me veían y se reían. Yo no entendía nada y seguía en lo mío. En eso, se acercó una de ellas, no para bailar, sino para decirme algo al oído. «Dicen que bailas como si estuvieras matando cucarachas», así me dijo, y yo hice una mala sonrisa y seguí bailando un ratito más, porque mi vergüenza era tal que ni siquiera me atreví a dejar de hacerlo. Esa noche probé mi primera cerveza, que me la brindó encaletado el hermano mayor de la amiguita. «No le pares bolas, las mujeres son malas», me dijo el muchacho, quien se había percatado de las burlas de las niñas.

Terminado el tema, la dama imitadora de Yma Sumac hizo sus reverencias y los presentes tuvieron a bien aplaudir como suele hacerse en estos casos. Por su parte, el Presidente abrazó a Ángela con un apretón caluroso que delataba momentos más estrechos, lo cual me sonrojó y me hizo sentir un vaporón de ira.

—Ángela, mi queridísima Ángela, tiempo sin verte, ¿dónde te habías metido? —habló en decibeles subidos y atropellados el primer mandatario, con su vozarrón de locutor engolado y ebrio.

—En este negocio una se aleja y vuelve a entrar en la órbita, usted sabe cómo es, Presidente; algún pendejo te ofrece casa, te vas con él y a los tres meses te enteras de que está casado. Su mujer te acosa y te informa por teléfono una y otra vez del mal del que te vas a morir; él te saca a patadas y tú terminas otra vez aquí, como si no hubiera pasado nada.

No puedo decir si Ángela mentía o no, pero el Presidente se tragó el cuento y, moviendo la cabeza en gesto negativo y con rostro indignado dijo:

—El gobierno debería hacer algo contra eso.

—Contra el descaro nadie puede, mi gran señor.

—¡Ah, la filosofía de las prostitutas! ¡Siempre he dicho que ustedes son sabias!

—Gracias, Su Excelencia.

—Deberías aceptar el puesto que tantas veces te he ofrecido. Tu inteligencia, tu conocimiento del sufrimiento humano y de las oscuridades del alma, podrían prestar un gran servicio a la nación. Y te hablo de un buen puesto, de algo grande.

—Su gobierno se va a llenar de putas, señor Presidente.

—Nunca estaremos completos sin ti, querida.

—Otro día será... ¿Pero cuénteme, cómo se siente hoy?

—¡Feliz, Ángela, la Teocracia es gloriosa y el Pueblo está contento!

—Pero no llueve, no hay energía eléctrica suficiente y escasea la comida.

—¡Quién quiere esas tonterías, cuando hay justicia para los hombres!

—Cierto, ahora todos somos iguales, clones de la libertad.

—Todos igualmente felices. La utopía se cumple en masa.

—Su optimismo me conmueve.

—¡No juegues con fuego querida, que te puedo quemar!

Tales palabras evidentemente fueron dichas con doble sentido, pues el Egregio Presidente se acercó aún más a mi Ángela y, sin pedirle permiso a nadie, abusando de su investidura, colocó su par de manotas en las nalgas de mi amada.

Yo estaba que no aguantaba tanta humillación, pero se trataba del Presidente y, pensándolo bien, él no tenía por qué cohibirse frente a mí —ni siquiera se había dado cuenta de mi presencia—, y Ángela era, al fin y al cabo, una puta, sagrada y todo, pero puta.

—¿Y el querido amigo Chifa? —inquirió ella y separó con delicadeza al Presidente.

—Debe estar por llegar. Ya sabes, él siempre anda ocupado con sus secretos y sus vainas raras.

—Y siempre pendiente de cuidarlo a usted.

—Así es, sus ojos están en todas partes, aunque no se encuentre en el sitio. ¿Ubicuo, será que se dice?

—Como usted diga.

El Presidente hizo un gesto que anunciaba otro comentario, pero se detuvo a mitad de la expresión. Sacudió la cabeza con el ceño fruncido y los ojos encañonados hacia mí.

—¿Y este imberbe quién es?

El tono de su voz no fue el más agradable, y lo de «imberbe» supongo que vino por la gravísima infracción de no portar la mística y obligatoria barba.

Los edecanes que se encontraban más cerca hicieron una muralla en torno a su muy barbado jefe. Los más alejados no tardaron en darse cuenta y fueron a apostarse detrás y a los lados de mí; no porque habían tomado partido hacia mi persona, sino para caerme encima a la primera orden del Presidente.

Ángela, sin perder un ápice de garbo, volteó a verme como se mira a una mosca y, sacudiendo la mano como se espanta sin ganas al enervante insecto díptero en cuestión, le restó importancia a mi presencia.

—Un policía.

Yo quise intervenir y explicar, pero el Presidente se adelantó.

—¿Un funcionario del gobierno sin barba?

Intenté decir algo de nuevo, pero Ángela respondió de inmediato:

—Yo se la afeité.

—¡Cómo te atreves!

Otra vez traté de hacerme un espacio en la discusión, pero Ángela me salió al paso:

—Está en una misión secreta donde se requiere que no use barba con el fin de parecer un contrateocrático, señor Presidente.

—¿Misión secreta? ¿De qué hablas, mujer?

Una vez más no me dejaron hablar.

—¿Chifa no le informó? —preguntó Ángela con tono sarcástico—. ¡Fue el mismísimo Lenín quien lo mandó para acá! Ordenó que le diéramos una habitación, a él y al gato que lleva metido en una caja.

—¿Y cómo este hombre se ha atrevido a mostrar al gato?

—¿Conoce al gato, Señor Presidente?

—Hice una pregunta y quiero una respuesta.

—Sólo yo lo he visto —respondió ella absolutamente calmada—. Chifa mandó a decir que sólo yo podía enterarme del asunto.

De pronto tuve un brazo del Presidente sobre mi espalda y, de este modo, me empujó suavemente hacia otra parte. Vi que Ángela también caminaba con nosotros, guiada por el otro brazo del gobernante. Llegamos a un rincón y allí nos detuvimos.

—Muchachos —susurró el Presidente—, no hagamos mucho

alboroto con este asunto... Ángela, has hecho bien, no te preocupes. Claro que sé del gato, mas no estaba enterado de que Lenín lo había mandado para acá.

—Chifa al parecer hace muchas cosas sin que usted se entere —replicó ella también en voz baja.

Me aguanté la sonrisa de satisfacción y volteé a mirar el rostro del Presidente. Anhelaba encontrar una reacción adversa, la duda, el desconcierto; pero no, se trataba del Gran Rector de la Guerra, del Torbellino de Multitudes, del Gran Impostor Sagrado.

La respuesta fue inmediata:

—Ese es su trabajo, mantener el secreto. Sin el secreto, un país no subsiste —dijo ya en voz alta.

—El secreto, la traición y la mentira están estrechamente relacionados —dijo Ángela también con un tono de voz normal.

—No necesariamente —dijo él, y ya más relajado se dispuso a dar un largo discurso lleno de palabras didácticas, sabias y supremas—: La mentira también es necesaria para gobernar. No la mentira como tal, sino lo fingido, que es algo así como versionar la realidad. Para gobernar hay que fingir. Se finge un país, se fingen enemigos, se fingen castigos, se fingen alianzas, se fingen honestidades, se fingen corruptelas. Siempre será necesario fingir el mundo. Gobernar es dar una versión del país y del mundo a quienes son gobernados. Sólo con una versión se ha de alcanzar el bien supremo de la nación. La democracia, esa falsa democracia que nos venden los imperios, es imperfecta, pues pretende atribuir distintas versiones de país a sus habitantes. En algunos países donde las cosas no están bien entendidas, los partidos políticos de la oposición, los medios de comunicación, los sindicatos de trabajadores, los estudiantes, las iglesias antiguas y caducas, los intelectuales estrechos, los artistas profanos y los opinadores de oficio, pretenden dar a conocer otras versiones del país. Una realidad fragmentada no es posible. Por el bien de la patria, sólo debe existir una versión de país: la que sus gobernantes les aportan. ¡Y eso no quiere decir que no haya libertad! La libertad no debe ser confundida con el libertinaje. No se puede vivir en libertad en un país donde todo el mundo hace lo que le da la gana.

—Le confieso que no lo entiendo. Lo que dice es demasiado profundo, su Excelencia —dijo Ángela.

—Te explico, mi amor: la libertad no es otra cosa que saberse igual a todos los hombres. Es un país donde todos somos iguales, hay libertad. Pronto, por cierto, declararé clones a todos los ciudadanos... Pero dime, ¿acaso hay libertad en una nación donde un hombre puede permitirse gastar muchísimo dinero en una botella de whisky, mientras que a la vuelta de la esquina un niño se muere de hambre? ¡No! Ese niño, ese pobre niño, es un esclavo de la injusticia, y aquel hombre que gasta su dinero en una botella del licor más costoso es un esclavo también. ¡Esclavo de una realidad falsa! A ese hombre hay que hacerle ver y entender en qué país vive; sólo entonces será libre. Y nuestros niños también lo serán cuando se les alimente con el dinero que el hombre gasta en el dichoso whisky.

Una caballería de aplausos irrumpió en el lugar. Me di cuenta de que, aunque el Presidente nos había llevado aparte, sus hombres lo habían estado escuchando con mucha atención.

Sonriente, el Presidente alzó los brazos hacia su público (los políticos alzan los brazos, los actores se inclinan). Sin apartar los ojos de sus adláteres, nos dijo a Ángela y a mí:

—No volvamos a hablar del gato, que es asunto delicado.

Entonces, delante de nosotros, la masa humana se empezó a dividir en dos. Los rostros volteaban hacia atrás y los aplausos atacaban ahora con mayor fuerza.

Lenín Chifa entraba al lugar, seguido de una comitiva abundante. Con los brazos abiertos, dedicaba sus miradas exclusivamente al Excelso Presidente, quien también abrió su pecho y salió al encuentro de su camarada.

En vista de la llegada de nuestro supremo enemigo tomé a Ángela del brazo y la convidé a salir del sitio. Ángela me dijo al oído que no me preocupara, que todo estaba bien. Yo, que confiaba plenamente en ella, me quedé tranquilo.

El Presidente y el hombre elegante se abrazaron en la mitad del salón, rodeados de sus edecanes y de sus acompañantes.

Era un espectáculo extraño. Daba la sensación de que algo grande había sucedido, como si aquellos dos tuvieran años sin verse, o como si no se hubiesen visto por un par de días en los que una gran tensión y una prueba de gran fidelidad hubiese estado de por medio.

Le pregunté a Ángela y ella me dijo que siempre era así cada vez que el Presidente y Chifa se encontraban. Aquel era el protocolo de rigor entre el Gran Líder de la Teocracia Novísima y su Gran Estratega.

Lenín Chifa empezó a saludar uno por uno a la camarilla del Presidente, pero casi desde el principio de dicho acto sus ojos estuvieron fijos en nosotros. Su expresión, al contrario de lo que se pudiera pensar, era amable. Nos veía como se mira a un amigo. Finalmente, lo tuvimos ante nosotros.

—Es un placer volver a verlos, «mis estimados» —saludó, haciendo sus respectivas comillas con los dedos.

—Lamento no poder decir lo mismo —espetó Ángela entre dientes.

—Ya había dicho lo mismo en otra ocasión. Sea más original, señorita.

—Es parte del juego, y usted lo sabe.

—¿A qué juego se refiere? Juego tantos y al mismo tiempo, que a veces me pierdo.

—El de policías y ladrones, ¿le parece?

—Falta un gato allí.

—Falta un gato, así es, y tampoco queda muy claro quiénes son los policías y quiénes los ladrones.

—No estamos en un cuento de Alfonse Allais, señorita. Las cosas son como son, sin máscaras.

—Lo dudo. Usted no es un templario ni yo una piragua congolesa.

—Su cultura me sobrecoge; al igual que la cultura de Gómez, quien por cierto no se encuentra entre ustedes.

—No se me vaya por las ramas. Tenemos al gato.

—Y yo tengo a la esposa de Jones y al belga.

—No nos interesan.

—También tengo a Gómez.

—¡Usted es un imbécil! —dije entre dientes, dando un paso hacia delante, colocándome a escasos centímetros de la nariz de Chifa.

Debo confesar que aquella acción, llevada por un coraje inusitado, no me enorgulleció. Todo lo contario, me llevó a recordar el patio de Alain Charleori y lo que hice allá. La pintura del recuerdo, mezclada con el presente inmediato, me provocó un vértigo espiral. Aquello fue como verme en el espejo, repitiendo ahora los gestos ya vividos en el patio del belga. Una vez más parecía que no había en mí nada original, como si incluso, yo mismo me hubiera estado copiando. Me llené aún más de ira y de espanto, a lo que se sumó la insoslayable constatación de que no había pensando en Gómez sino hasta ese momento. Mi descuido, mi falta de agradecimiento, me bullía en la boca, me quemaba, me alimentaba de odio, contra mí y contra todas las cosas del mundo.

—¡Caramba, Jones, ha resultado usted toda una «sorpresa»! ¡De ser un gusano, ahora es todo un héroe! ¡Hasta se ve «lindo» sin barba! Su esposa va a estar muy orgullosa de usted.

—No creo que Gómez esté bajo su poder —terció Ángela.

—Ya veo que sólo les importa Gómez. Me imagino que la señora Rosita Candelaria poco les interesa. Se ve que usted, Ángela, se ha encargado de aliviar los pesares de tal «ausencia». Aunque no podría determinar si tales «pesares» en verdad existen, porque doña Rosita es en extremo latosa, exageradamente incontinente en su verbo, «exasperante», para ser más concretos... En cuanto al belga, bueno, es un viejo loco y nadie se preocupa por los viejos locos, ¿no es cierto? Pero tengo a Gómez, sí. Ana me lo entregó, querida

Ángela. Ha de saber que nosotros también tenemos nuestros espías. El dinero y unas buenas raciones de comida siempre harán que los «misticismos» más fuertes se vuelvan bagatelas terrenales.

Ángela se mostró evidentemente contrariada por la noticia de la traición de la tal Ana.

—Creo que ahora sí la tengo entre mis manos, señorita.

—Bueno, también podríamos decir que la tiene entre sus ridículas «comillas» —dije y no pude evitar soltar una risita.

Esta vez Chifa se unió al silencio de Ángela. Ahora eran dos los sorprendidos.

—Bueno —dijo Chifa saliendo del asombro—, me imagino que están acá para contarle todo al Presidente, para «desenmascararme», ¿no es así? Le mostrarán el gato, le contarán de los Monjes Guerrilleros, de mis «relaciones» con ellos y todo los demás.

—Imagina bien —replicó Ángela.

—Es un plan arriesgado, pero heroico. Háganlo, inténtelo, no tengo problema.

—Ay sí, siempre tan seguro de usted mismo —dije yo con voz de niño burlón, y mis dos interlocutores volvieron a mirarme boquiabiertos. Ya Chifa iba a decir algo, pero el Presidente, alegre con su vaso de whisky en la mano (y eso que acababa de satanizarlo como un lujo atroz), se acercó y nos convidó a sentarnos en el sofá que se encontraba a escaso medio metro de distancia. Una vez sentado, se dirigió a todos los presentes con una pregunta:

—¿Quieren escuchar un buen chiste?

Todos, encantados de la vida, respondieron que sí.

—Bueno, este era un mago en una feria, que tenía sobre la mesa una jarra de agua y un pan duro...

CAPÍTULO V

Gómez se confiesa y relata una traición

Sí, lo acepto. Me había olvidado de todo. Yo fui como esos pequeños animalitos que viven en la piel humana. No uno, sino todos ellos, regados, por cada uno de los poros de Ana. Era muy sabroso estar recostado sobre ella, los ojos al ras de su brazo y de su barriga. Sus pelitos de mujer peluda eran mi territorio, mi propiedad. Así estaba yo, perdido en la selva de sus pelos. Para mis adentros, escuchaba a Nino Bravo cantando *Noelia*...

Hace tiempo que sueño con ella
y sólo sé que se llama Noelia...

A mi peluda y hermosa Ana la llamé Noelia y la besé por todas partes. Me dije que por fin había encontrado la felicidad. Yo estaba lejos, flotaba sobre el mar, sobre las olas. Nino Bravo estaba a mi lado. Él era yo. Yo era él.

Más allá del mar habrá un lugar
donde el sol cada mañana brille más...

Yo miraba el horizonte. Adivinaba praderas verdes, árboles frondosos, manantiales frescos.

No había nada qué hacer, nada que decir. Todo aquello era cursi, pero me hacía feliz. Y estaba bien. Una felicidad que no es cursi, no es felicidad. Es cualquier cosa, pero no felicidad.

—Se acabó, papito —dijo la voz de Ana. Yo me evaporé, pasé de golpe al estado de materia pesada que soy.

La puerta del cuarto se abrió. Vi a Alain Charleori, a Rosita Candelaria y a dos monjes terroristas.

Acto seguido, presencié cómo la sonrisa de Lenín Chifa se convertía en un beso sobre la mejilla de Ana, mujer traicionera. Y pensar que la había llamado Noelia.

Chifa saludó amable, luego dijo:

—Yo sabía que el segundo encuentro sería «diferente». Esta vez la suerte está de mi parte.

Apreté los puños, di un paso. Chifa me advirtió que no cometiera un error de película barata. Sus palabras, claro está, fueron apoyadas por un par de brillantes fusiles.

Lenín Chifa y Ana dejaron la habitación. Al dirigirse a la puerta, vi cómo una mano de Chifa apretaba una nalga de su amiguita, antigua Noelia de mis delirios.

Rosita Candelaria empezó a quejarse. Hablaba sin parar contra las caras de los monjes terroristas. Alain se acercó para preguntarme si me encontraba bien. Yo le respondí afirmativamente y le pregunté lo mismo. Me dijo que algo golpeado y cansado, pero nada grave.

—Ya no estoy para estos trotes —concluyó.

Le di una palmada en el hombro y le susurré que algo teníamos que hacer. Alain afirmó con la cabeza.

Rosita Candelaria seguía quejándose frente a los guerrilleros. Uno de ellos le dio un puñetazo. La mujer cayó al piso, se puso de pie de un salto y siguió quejándose. El otro guerrillero le volvió a asestar un golpe, esta vez con la culata del rifle. Rosita Candelaria trastabilló hasta la cama y cayó sobre ella. Como impulsada por un resorte, volvió a ponerse en pie. Siguió descargando quejas sobre sus agresores. No sé si era digna de admirar. En ella no había un ápice de heroísmo, sino mucho de escozor, de urticaria. Rosita Candelaria realmente fastidiaba. Incluso me había gustado ver cómo recibía lo suyo por parte de los monjes terroristas; a pesar de que nos salvó en casa de Alain, a pesar de que quizás iba a hacerlo de nuevo. Sólo era cuestión de aprovechar la circunstancia, el descuido de los monjes.

Le hice un gesto a Charleori y poco a poco nos fuimos acercando al epicentro de los acontecimientos. Los monjes, embotados por la cháchara de la señora, no se percataron de nuestra aproximación.

CAPÍTULO VI

Más de la declaración de Rosita Candelaria
(Que se digna de convertirse en un capítulo)

¡¿Y será que no va a parar de llover?!

En fin, le cuento. Total que yo les decía a esos monjes que eran unos delincuentes, unos malhechores, unos facinerosos, unos bandidos unos bichos, unos patanes, unos rufianes, unos forajidos, unos hijos de mala mujer, unos traidores, unos incendiarios, unos blasfemos unos renegados, unos brutos, unos cortos de mente, y ellos me volvían a dar un sopapo; un sopapo me volvían a dar, síííí. Y yo me paraba otra vez de un brinco, porque estaba muy enojada, indignadísima porque no puede ser que haya gente tan brutal en este mundo, que no sigue los preceptos de nuestro amado Presidente; porque yo siempre he sido gran seguidora de nuestro Sumo Sacerdote; de nuestro Sumo Sacerdote soy gran seguidora, síííí; y le digo, que si actué cómo actué fue por las circunstancias y no contra el Presidente, sino para librarme de esos monjes locos que estaban contra el gobierno, antiteocráticos, terroristas todos, encompinchados con el infame del Lenín Chifa. Menos mal que nuestro Gran Druida Gurú es un hombre preclaro que al final terminó dándose cuenta y saliéndose del hechizo que le tenía montando el desgraciado malévolo, el Lenín Chifa ese, malévolo desgraciado, síííí. A mí, le digo, me encanta el Presidente, ese señor sí que habla bonito, habla más que yo y eso sí es mucho decir; habla tan bonito y con ese maravilloso discurso sobre la Gran Religión Universal y la igualdad y el gobierno para los necesitados de los dioses. Y es que él ha hecho tantas cosas fantásticas por el bien de todos, cosas que mucha gente no entendió en su momento y que fueron y son necesarias; porque un líder tiene que tomar decisiones difíciles que a veces no son bien vistas; bien vistas no son, nooooooo. Dígame cuando tuvo que mandar a eliminar a las mascotas. ¿Usted se acuerda? Yo sí me acuerdo, síííí. Ese asunto de las matanzas de las mascotas fue horrible, pero se hizo por el bien de los niños de la nación, para que hubiera más comida y agua para ellos; agua y comida para ellos, síííí. ¡Dígame usted! ¿Cómo podía nadie tener la conciencia limpia dándole de comer y, sobre todo, de beber agua a una mascota, si había tantos niños muertos de sed? Yo justifico aquel decreto, aquel discurso de siete horas explicando el porqué de la eliminación total y absoluta de todas las mascotas del país. ¡Claro que lo justifico, claro que sí, lo justifico todo todito, síííí! Pero, en fin, como le iba contando y volvamos a la declaración... Tome nota, señor oficial; a la declaración volvamos, síííí. Yo estaba en aquella sucia habitación de lenocinio, reclama que te reclama a los monjes terroristas y, de pronto, veo que Gómez y el señor Charleori les caen encima a los monjes; a los monjes encima les cayeron, síííí. ¡Mire, fue una cosa digna de admirar! ¡Es que son unos pillos! Y la sagacidad, bueno, eso es un mérito que no se le quita a los que la tienen, aunque sean enemigos del Estado. No me vaya a mal interpretar, noooo; a mal interpretar no me vaya. Mire, le saltaron, yo no sé cómo, se le fueron por atrás y ahí fue cuando me tiré al piso, no se fuera a escapar una bala, si acaso las había. Entonces vi a esos cuatro gigantones forcejear por las armas; y déjeme decirle que el agente Gómez era el más gigantón de todos, porque desde el piso la gente se ve más gigantona, pero en verdad que el agente Gómez era el más gigantón; el más gigantón era, síííí. Y yo vi cómo él le quitaba el arma a un no tan gigantón y sí todo raquítico monje y lo empujaba y lo lanzaba sobre la cama y luego apuntaba al otro monje, que de inmediato (¡qué cobarde!) tiró el rifle que fue a parar a manos del nefasto viejo carcamán de Charleor, que como ya sabemos es compinche del agente Gómez. Los monjes terminaron amarrados espalda contra espalda con las sábanas de la cama, y yo terminé dándole un par de cachetadas a cada uno de esos irrespetuosos. Claro, después me fui con los otros delincuentes, porque con los monjes no se estaba mejor; noooo, no se estaba mejor. Porque, mire, le digo, que esos monjes andaban con Lenín Chifa, porque eran como Lenín Chifa, de su misma calaña, menos mal que nuestro Sacro Santo Presidente se dio cuenta al final y ahora ya no lo tiene a su servicio en el gobierno, menos mal; un mal menos, síííí.

¡Ay, que no para de llover! ¿No? Y la lluvia lo confunde todo. La gente anda como con la cabeza revuelta, con los sesos mojados y anegados. Cuando la lluvia pase, ya verá usted, señor detective, ya verá usted que a todo el mundo se le olvida eso de que Teofilus Jones es el nuevo líder contrateocrático y todas esas tonterías que no deben ser más que producto de la confusión que trajeron las lluvias. ¡Qué va a estar siendo el pendejo de Teofilus líder de nada! Y disculpe la mala palabra, pero ése, para serle sincera, mi querido señor oficial, ni en la cama se destacaba; noooo, en la cama ni siquiera.

¿Ah? ¿El ciudadano Carlos? ¿Qué hay con él? No, yo no sé nada de ese señor, no. Nada de ese señor sé, noooooo.

CAPÍTULO VII

Remembranzas de Gómez sobre la huida y sobre un tal «ciudadano Carlos»

Era como la una de la madrugada.

Gracias a Rosita Candelaria de Jones y a nuestra habilidad para aprovechar el descuido, Alain y yo logramos hacernos de los rifles.

Con los monjes amordazados, nos dispusimos a tomar el sitio por asalto. Debíamos rescatar a Jones y al gato. Hubiera sido más fácil dejarlo todo así, lo sé. Pero no, Jones me había rescatado donde Alain, su voz me había guiado entre el polvo hacia la escalera del helicóptero, su voz me había elevado. Ahora, no podía negarlo, le tenía aprecio al muy idiota. Y además estaba el gato. El gato aún era un enigma. No obstante, no dejé de ser prudente; allí, ante la puerta, Alain y yo decidimos que una alternativa más sensata era salir del burdel sin que nos vieran y buscar refuerzos. Los refuerzos eran prioritarios. Alain tenía contactos en la clandestinidad. Quizás ahí conseguíamos algo.

—Hay unos tipos —dijo el viejo—, los esposos de estas putas sagradas. Tienen tiempo sin verlas, ¿sabes? Ellas les tienen prohibido venir para acá. Son unos fanáticos santurrones. Me han comprado víveres y uno que otro armamento. No son agresivos. Hace tiempo dejaron de serlo. Pero creo que si vamos donde ellos y les damos una buena excusa para entrar al burdel, estarán dispuestos a ayudarnos con tal de venir y sacar a sus mujercitas de aquí. Son los únicos en los que podemos fiarnos, y harán bulto.

—Está bien —dije. Nos aprestamos frente a la puerta de la habitación, con Rosita Cadelaria detrás de nosotros.

Abrimos la puerta. Salimos. Justo en aquel momento escuchamos a alguien que decía:

—Y después de echarle el agua, dijo: «Vieron, el único pan que habla, el pan está blando, establando, está hablando...».

Escuchamos risas. Vimos espaldas que se sacudían, cabezas que se echaban hacia atrás. Nadie se había percatado de nuestra presencia.

Nos dirigimos a la salida.

Pegado a la pared, oculto entre las sombras, tropezamos con un cuerpo. Se trataba de Homero.

Nos vio de arriba abajo, le dio una chupada a su cigarrillo y dijo:

—No salgan por la juguetería, la calle está llena de soldados clones. Vayan al patio y salten por el muro que está a mano derecha. Caerán en otro patio. Pregunten por el ciudadano Carlos, díganle que vienen de mi parte.

Les dimos las gracias. Homero dijo que lo hacía por su Fifí, «mi perrita bella y preciosa que en paz descanse».

Salimos al patio. A la luna llena.

Nos subimos al mentado muro. Pasamos al otro lado, no sin antes ayudar a Rosita Candelaria, quien no tenía ninguna experiencia en llevar a cabo operaciones clandestinas, y mucho menos aquellas que incluyeran procesos tales como escalar muros.

Ya abajo, nos encontramos con un individuo sometido a una gran panza. Lisa y brillante, la exagerada protuberancia se mostraba desnuda gracias a la insuficiencia de una franelilla. El hombre nos miraba entre divertido y hastiado sobre una sillita de precario aguante. No me pareció peligroso, así que me permití mirar el entorno.

Estábamos rodeados de un absurdo decorado fúnebre, compuesto de urnas arrumadas contra las paredes del patio; urnas y más urnas que se dejaban ver sin el boato ridículo de la muerte. Estaban más muertas que los muertos. Conjeturé que aquel era el patio de una funeraria o de una fábrica de urnas.

Me fijé otra vez en el hombre.

A su izquierda, una parrillera soplaba un humo desganado. A la derecha, una urna pequeña y sin tapa exhibía un campo de hielos sembrado de botellas de cerveza.

—Hielo —observé.

—Sí, estamos en buenas manos —dijo Charleori.

Sin mayor protocolo saludé a aquel hombre con un simple «hola» y luego de la coma, lo llamé «Carlos». El hombre respondió sin problemas al apelativo y se puso en pie para darnos la mano con prosopopeya ceremonial. Entonces pude deducir quién era. Aquel hombre había extendido cientos de veces la mano, de igual modo, con idéntica expresión para decir: «Mi sentido pésame, pase por aquí que tenemos que hablar de negocios, de los negocios de la muerte».

El hombre estrechó la mano de todos los presentes. De último dejó a Rosita Candelaria, a la que saludó con una inclinación y un beso caballeroso en los nudillos. Cuando alzó de nuevo la frente lo vi picarle el ojo. Ella, sonrió coqueta.

—Pasen por aquí, ciudadanos, que tenemos que hablar de negocios... —dijo Carlos—. Me imagino que los manda Homero. Así suele ser cuando la gente cruza por el muro a este lado del mundo.

Caminamos hacia la casa. Adentro funcionaba una funeraria en todo rigor.

Varios salones se abrían a los lados. En la nave central, sillas pegadas a las paredes se apostaban como vigilantes del inframundo. El lugar estaba completamente iluminado, como si alguien le tuviera miedo a la oscuridad.

Atravesamos el pasillo central. Entramos en una pequeña oficina.

—Tomen asiento, ciudadanos —dijo el tal Carlos, y ya empezaba yo a entender porque Homero lo llamaba «ciudadano».

El hombre se sentó del lado del escritorio que corresponde al que presta el servicio. Alain Charleori y yo nos quedamos de pie. Rosita Candelaria tomó asiento. Una vez instalada la escena, el ciudadano Carlos se repantigó en su gran silla de gerente, tomó aire y habló:

—Bien, ciudadanos, ¿en qué puedo servirles?

—Necesitamos salir de aquí —dijo Alain.

—¿Nada más eso?

—Sin ser vistos —respondió este servidor.

—No sé. Allá afuera hay unos cuantos soldados; parece como que el Gran Sabio le hace su visita de costumbre al *Ora Pro Nobis*. Y cuando el Presidente anda por estos lados, la seguridad se pone intensa, dura, minuciosa. Además, debo agregar que no me chupo el dedo, y saben lo que quiero decir, ¿verdad? Ustedes brincaron el murito del burdel. Están huyendo, huyendo del poder; así que, queridos ciudadanos, sacarlos sin que los vean, les va a costar su dinerillo.

—No tenemos en este momento. Luego se lo suministraremos —respondí.

El ciudadano Carlos nos lanzó una mirada burlona.

—¿«Luego»? Esa palabra no existe, ciudadanos. Además, tengo una cecina y una urna llena de cervezas esperando por mi allá afuera. ¡Cómo creen ustedes que voy a dejar tales placeres sin un incentivo? Además, en caso de que me decidiera a hacerles el trabajito, ¿cómo les cobro después, ah?

—Señor, siempre habrá manera de pagarle —dijo Rosita Candelaria inclinándose sobre el escritorio del ciudadano de nombre Carlos. No era una mujer bonita, nada que ver, pero tenía un par de tetas enormes y eso sí que servía para hacer un buen trabajo de seducción.

—Tiene razón —dijo él con una actitud abierta y alegre. Rosita se echó hacia atrás y se recostó recta sobre el espaldar. En su blusa, las enormes tetas se irguieron como proyectiles de feromonas—. En vista de que esta bella ciudadana se encuentra en peligro —continuó el hombre, hipnotizado—, y como yo soy todo un caballero, voy a prestarles mis servicios. Todo por la ciudadana, claro está. —Y nos miró como si fuéramos unos insectos, par de tipos recién salidos de un chiquero.

—Bueno, amigo, agradezco su buena disposición para sacarnos de aquí —dijo la mentada dama—. Es usted muy amable.

El ciudadano Carlos movió la cabeza afirmativamente, se puso de pie y nos hizo una señal. Lo seguimos a un estacionamiento ocupado por una carroza fúnebre en estado deplorable.

—Métanse atrás —dijo el ciudadano Carlos.

Las puertas de la carroza fúnebre se abrieron de par en par. Vimos un espacio forrado de terciopelo negro con alfombra gris. Ahí, a duras penas, cabían tres personas.

Dudamos unos segundos ante aquel portal desconocido. El ciudadano Carlos soltó una risita provocadora, camorrera. Nos retaba, el muy maldito nos retaba. Charleori y yo nos metimos de una vez por todas. Rosita nos siguió. Mal que bien quedamos acostados uno junto al otro, muy apretados, boca arriba.

—Bueno, no les puedo asegurar nada, ciudadanos —dijo Carlos—. Esperemos que aún esos soldados clones le guarden respeto a los muertos.

El ciudadano Carlos hizo amago de cerrar la puerta, pero se detuvo en seco, como recordando algo.

—Y usted ciudadana, se me cuida —dijo.

—Claro que sí, mi señor —respondió Rosita Candelaria.

Entonces, nuestro Caronte cerró la puerta y todo fue oscuridad para nosotros.

CAPÍTULO VIII

De los asuntos sagrados de la gente pusilánime

En ese misticismo moral de profeta armado caben todas las doctrinas, conviven todas las recetas en perfecta y sideral armonía.

Ibsen Martínez

...y en alguna ocasión le endilgó el epíteto de pusilánime.

Eduardo Liendo

Me hubiese gustado que esta historia tratara exclusivamente sobre burdeles. Los burdeles son más divertidos y en ellos la mentira es más sincera.

En los burdeles te engañan y te roban, pero eso tú ya lo sabes desde que atraviesas la puerta. Sólo debes jugar al desentendido y no puedes quejarte una vez que te hayan sacado hasta la última gota de sangre; tú fuiste a eso.

Esta historia, a pesar de que se desarrolla en un burdel, no trata sobre la vida galante. No sabemos muy bien de qué trata realmente, y disculpa mi sinceridad de burdel...

Volvamos mejor al instante en que el Presidente termina de echar su mal chiste. «El pan está blando, establando, está hablando». Todos lo festejan, y una vez que ha quedado en claro que el Sacro Santo Humorista es el ser más gracioso del planeta, el grupo se dispersa. Antes de que pueda darme cuenta, estoy sentado de nuevo en el sofá junto al Gran Místico Chistosísimo.

Y bien, allí estamos.

Allí estábamos.

Una de mis rodillas rozaba la rodilla del Gran Animador, y la otra rozaba la de Ángela. Es decir, me encontraba justo en el medio de los dos.

El Presidente se preparaba para decirnos algo. Tenía los ojos perdidos de un profeta en el desierto. Sujetaba su vaso de whisky como si fuese el último en el mundo, y movía la otra mano, que parecía independiente de la que sujetaba el vaso, incluso como si hubiera querido deshacerse del bendito trago (quizás esa mano recordaba su discurso anti whisky).

El Gran Hombre Soberano comenzó a hablar, y yo al principio me comporté como el sobrio que escucha a un borracho chacharear: fingí atención, afirmé con la cabeza y dije a todo que sí. Pero ya sus palabras me eran indiferentes. No podía dejar de pensar que tenía a mi lado al Presidente, y no sabía si sentirme halagado o avergonzado.

«¿Quién es este hombre? ¿De dónde salió?», me pregunté.

«Es un hombre del pueblo», me dijo una voz interior.

Traté de recordar, pero no conseguí precisar sus orígenes. No pude recordar quién era antes de ser el Presidente. Era como si se me hubiesen borrado el pasado. Sólo sabía que era el Gran Corrector de la Patria y todos los demás cargos y títulos; y que trajo una amalgama de ideas que nos confundió la cabeza y nos puso a girar en una estratosfera en cuyo centro estaba su boca grande, luminosa e intermitente, faro bizarro de la perdición galáctica. Porque él lo sabía todo. Hablaba del humanismo, de la Ilustración, de Dantón, de Simón Bolívar y Samuel Robinson, del Imperialismo, del Che, de Jara, de Allende, de la Banana Fruit Company, de Superman, del Hombre Nuevo, de Changó, de Dios, de Cristo, de la Virgen, de la Biblia, de la esvástica, del budismo, de los templarios, de la Reina

Isabel y del Rey Fernando, de Juana la Loca, de Iván El Terrible, de la Hermandad de la Costa... Sabía de todo, todo lo juntaba y todo era igual. Era como un gran semiólogo, un gran cabalista, un gran mago del Tarot haciendo su truco sobre una mesa de tres patas. Él, con su imbatible retórica, nos trajo el vendaval de las mil y una religiones con una miríada de dioses a su imagen y semejanza. ¿Creía acaso en sus propias historias? ¿En realidad habían nacido de su mente, o había sido Lenín Chifa el gran arquitecto de todo aquello? ¿Sería cierto que el mandatario no era más que el monigote de la sombra satánica que se movía a sus espaldas? ¿Un títere que todo se lo creía, una marioneta perdida en la espesura, entre la niebla, y que sólo escuchaba la voz de aquel que decía llamarse su fiel seguidor, su compadre, sus ojos, su intelectual?

Me sacudí aquellas dudas, y comencé a poner atención, a escuchar un discurso inaudito, terrible, escalofriante. Estábamos sentados al borde de un abismo y el Presidente, con cada palabra suya, nos balanceaba con furia. Sus palabras tenían la fuerza del viento, de un viento caliente, desagradable, agorero.

—...debemos volver a lo sagrado —evangelizaba el Presidente— Como le digo, querido amigo, el hombre antiguo era sabio. Nosotros hemos perdido esa sabiduría, confundidos por el pensamiento ultra-neo-imperialista. Debemos volver a nuestras raíces, debemos volver al pensamiento sagrado; y eso es precisamente lo que hemos estado haciendo. Por tal motivo, ahora todas las religiones están juntas, unidas, y el Estado promueve esa maravillosa mezcla de religiones. Ya estábamos cansados de la dictadura de la Iglesia antigua y caduca. ¡Ah, pero ellos quisieron llamarme Dictador de Almas! ¡A mí, al humanista más convencido de todos, al propulsor de todas las libertades! Allí está la gente, en la calle. Ahora todos creen lo que mejor se adapta a sus vidas, ahora la religión está más cercana al hombre. Las creencias de nuestros indígenas y las de nuestros negros pululan orgullosas por las calles, unidas a la religión católica, judía, mahometana, budista y a todas las demás. Esto sí es libertad. Hemos tomado grandes conceptos, grandes verdades sagradas y las hemos incluido en nuestras vidas para nuestro provecho. ¡Esos grandes secretos estaban escondidos, tirados por allá por un rincón y bajo mil candados para que nosotros no pudiéramos tenerlos! Porque a los verdaderos dictadores, a los oscurantistas del alma les convenía que nosotros no nos enteráramos. He allí que viene a colación el asunto del gato, y pido por favor la mayor discreción en todo esto, porque es un tema vitalísimo para la religión, y por supuesto, para el Estado y para mi propia persona.

Una breve pausa, ojos desorbitados, chupeteo del trago, «ay qué sabrosa es esta vaina», más ojos desorbitados, sonrisa de loco, proseguimos:

—Fíjese amigo, existe una historia afro-occidental de la Nigeria meridional que relata cómo un rey guardaba su alma en un pajarito pardo que se posaba en las ramas de un árbol muy alto junto a la puerta de palacio. La vida del Rey estaba ligada a la del pájaro de tal modo que quien matase al pájaro mataría simultáneamente al rey y le sucedería en el trono...

Otro silencio, ojos desorbitados, chupeteo de trago, sonrisa...

Me vino a la mente la palabra «pusilánime». Aquella fenomenal palabra saltó a mi vista y a mi mente hace años mientras leía una novela de Eduardo Liendo, ya no recuerdo cuál. Sí puedo precisar que en la trama se referían a uno de los personajes como «pusilánime». Desde entonces, aquella palabra me pareció el insulto más elegante y, a la vez, más contundente que se le puede decir a persona alguna. Y es que en este punto el Presidente se me antojaba un pusilánime. Más allá: yo también era un pusilánime, y Ángela no se quedaba atrás... Éramos, nada más y nada menos, los pusilánimes de una historia vergonzosa y absurda.

Como queriendo ausentarme, desvié mi atención hacia otra parte. Fue cuando noté que algunas mujeres empezaban a dejar los hombros entronados de charreteras. Pero los oficiales no se daban cuenta; tan entregados se hallaban a la verborrea hipnótica del Gran Seductor.

Tuve ganas de hacer lo mismo, de pararme e irme en silencio. Pero era imposible, el Presidente me estaba hablando a mí y no me quedaba más remedio. Tenía que seguir con la farsa y esperar que pasara el chupeteo, el ay qué vaina tan buena, los ojos desorbitados, y otra vez:

—Un cuento de los Ba-Rongas de Sudáfrica —continuó el Presidente—, relata cómo las vidas de una familia entera estaban encerradas dentro de un gato. Cuando una joven de la familia Titishan se casó, rogó a sus padres que la dejasen llevarse a su nueva casa el preciado gato. Ellos rehusaron diciendo: «sabrás que nuestra vida está agregada a él», y le ofrecieron un antílope, una jirafa y hasta un elefante en lugar del gato. Pero a ella sólo le satisfacía el gato. Por fin le permitieron que se lo llevara y ella lo encerró en un sitio donde nadie lo viera; ni su marido sabía de esto. Un día que estaban trabajando en el campo, el gato se escapó, entró en la choza y, poniéndose los arreos marciales del marido, bailó y cantó. Algunos niños, atraídos por la algazara, descubrieron al gato, y cuando expresaron su asombro el animal redobló sus golpes de tacón y los insultó a todos. Fueron corriendo al dueño y le dijeron: «hay alguien bailando en tu casa y nos ha insultado». Él dijo: «pronto lo acallaré». Ocultándose tras la puerta, el dueño atisbó y vio al felino bailoteando y cantando. Entonces le disparó una flecha y el animal cayó muerto. En el mismo instante, su mujer desfalleció en el campo donde estaba trabajando y dijo: «me han matado en casa». Resulta pues que la muchacha murió y murieron también todos los familiares de ella. Porque como ya sabemos, este clan guardaba su alma en el gato... —pausa de whisky—. Pues bien, muchos grandes guerreros del pasado han llevado a cabo rituales de transmisión de alma como éste y, como es de suponer, han sido indestructibles en las batallas. El agua no los ahoga, el fuego no los quema y el acero no los atraviesa. ¿Por qué? Porque su alma está oculta en la entrañas de algún animal —pausa de whisky—. Yo he hecho lo mismo, querido amigo. Mi alma está en el cuerpo de aquel gato que usted estuvo cuidando. Lo hicimos así, pues mi vida se encontraba en constante peligro. Demasiados atentados nos llevaron a realizar el ritual. Desde entonces estuve a salvo, hasta que alguien dejó escapar el secreto y nuestros enemigos empezaron a buscar al gato. En varias oportunidades estuvieron a punto de acabar con su vida. Yo cada vez me volvía más loco, no podía dormir, no me concentraba. Estaba loco, sí, loco. Tenía que dejar el gobierno, encerrarme durante días, meterme un montón de pastillas, calmarme. Menos mal que el gran Lenín Chifa estuvo allí para gobernar en mi ausencia... Al final, ya yo no salía, ni para hablarle a mi gente, ni para oficiar ceremonias, para nada. Allí fue cuando a mi Gran Estratega se le ocurrió el plan magistral: hacer desaparecer al gato en los intrincados laberintos burocráticos de la policía, dándole la misión a alguien que no despertara sospechas. Ahí fue cuando apareció usted, un perfecto inútil, según el camarada Lenín. Por qué es él, Chifa, es él, ¿verdad? ¡Ah, pero usted no fue un completo inútil! ¡Te equivocaste y no te equivocaste, Chifa! Porque aunque el hombre se ve así como pacato, yo le veo en los ojos, un brillo de héroe glorioso. Sí, señor. Jamás imaginé que iba a encontrármelo aquí. Cuando lo vi, no sabía quién era, pero cuando Ángela me contó que andaba en una misión secreta, supe de inmediato todo lo demás y me llené de respeto y admiración por usted, hermano del alma, camarada supremo...

Entre tanta insensatez, yo adivinaba las historias ocultas, las trampas, las redes del Gran Estratega traidor. Tal como me lo explicó Ángela, Lenín Chifa había obrado en contra del Presidente al buscar la muerte del felino que supuestamente contenía su alma. ¿Pero si mataban al gato y no moría el Presidente, no se desbaratarían todas las trampas? Quizás no, me dije. Quizás Chifa ya sabía lo que venía demasiadas pastillas y la muerte por infarto, o el suicidio, o la locura absoluta. Porque el Presidente, sin duda, estaba suficientemente afectado. La creencia que Chifa había metido en su mente era ya una obsesión, un vicio y, como todo vicio, no era fácil salir de él. La locura o la muerte. Esas son las salidas trágicas de quien ya no es dueño de sí mismo, de quien lleva la piel del alma sembrada de las sanguijuelas del mal. El Presidente ya no pensaba con lógicas correctas y estaba totalmente sometido a los oscuros manejos de Chifa, el lavador de cerebros. Cualquiera fuese el resultado producido por la ausencia del gato, Chifa se ocuparía.

El plan de la oscuridad infinita estaba más que claro en mi mente, y ahora la verdad debía ser contada. Asumiendo mi misión de hijo de Bastet y sin mayores preámbulos, me dispuse a decirle al Gran Pusilánime que su peor enemigo estaba en casa. Ya me iba a poner en pie, pero justo en ese momento intervino Chifa. A su lado, vi a una mujer —la única que quedaba en el lugar—, y al lado de la mujer, a mi jefe, aquel otro pusilánime que me había dado la orden de cuidar al gato, aquel que alguna vez fue el jefe de Ángela.

Lenín Chifa, el Supremo Villano, descansó su mano en mi hombro.

—Nuestro héroe —dijo.

—Es que yo siempre lo supe —dijo muy sonriente el jefe y luego puso su mano sobre mi otro hombro.

El Presidente se puso de pie y llamó la atención de los presentes. Luego dio un discurso colmado de lisonjas para terminar diciendo que quería hacer un brindis. Todos alzaron sus vasos. Para ese momento no había más que dos mujeres en el lugar, pero nadie parecía notar su ausencia, a excepción de la que acompañaba a Chifa. Observé que miraba hacia los lados e intentaba hacerle notar la ausencia de las otras mujeres al Excelso Estratega, pero él se encontraba demasiado entregado al Presidente, que justo decía:

—Hagamos un brindis por nuestro héroe, por nuestro... eeeeh... por nuestro... —Ángela le sopló al oído— por nuestro Teofilo Jonrón, el héroe, el salvador de nuestro gato Hugo, portador de mi alma.

Ahora todos me aplaudían.

—Aplausos, eso es lo que se merece el hijo de Bastet, aunque hayan dicho mal tu nombre —me susurró Ángela al oído. Yo pegué un brinco y quedé de pie. No soportaba más tanta complacencia pusilánime. Mi deber era develarlo todo, tenía que decir la verdad, tenía que arrancar todas las máscaras, hacer estallar el mundo. Entonces se fue la luz y sólo se escuchó mi voz en la oscuridad:

—Señoras y señores, damas y caballeros, aquí hay gato encerrado.

CAPÍTULO IX

Gómez habla con gente también pusilánime y del encuentro con un Satán Rubio

El horror a lo desconocido los ata a mil prejuicios, tornándolos timoratos e indecisos: nada aguijonea su curiosidad; carecen de iniciativa y miran siempre al pasado, como si tuvieran los ojos en la nuca.

José Ingenieros

Jelou, mister Mc Coy, terminé mi labor. Le remitiré la factura.

Roberto Fontanarrosa

No quisieron ir. Aquellos que alguna vez protestaron en las calles como una gran masa bañada y perfumada, seguros de su poder, orgullosos de su clase, ahora se mostraban cansados, derrotados, acabados...

Ya no eran la masa libertaria.

Ya no la Nación ni el Pueblo.

Ya no un auto blindado y confortable.

Un delincuente callejero había reventado el vidrio de sus seguridades. Adentro, el vehículo no era seguro. El aire frío se escapaba y la realidad entraba a borbotones. En el suelo, los mil fragmentos del vidrio se multiplicaban, células cancerígenas, enfermas de ellas mismas.

Demasiado habían luchado contra el Gran Aprovechador, contra aquel que se instauró en medio de la crisis de las lluvias, aferrado como una garrapata al cuero de vaca de la muy criolla silla presidencial. Ya nada los aglutinaba. Se habían dividido y convertido en células, corpúsculos de ideas, de creencias, de locuras.

De entre todas estas sectas que fueron surgiendo, hubo una que captó a un gran número de mujeres que alguna vez con sus cacerolas y pancartas anduvieron recorriendo calles, avenidas y autopistas. Con el tiempo, los hombres, sus hombres, fueron obteniendo noticias borrosas de estas mujeres una vez ingresadas en la secta.

Al parecer, se habían ido tras una diosa felina. Los rumores señalaban un plan secretísimo para derrocar al Gran Machista Tirano.

El contacto cada vez fue menor. A los oídos de los maridos abandonados llegaban retorcidas historias de burdeles. Ellos se mordían las uñas y se encerraban en los supermercados del olvido a rezar, aferrados a los vestigios de la antigua religión católica. Los roles se habían invertido. Ellos sólo querían volver a la tranquilidad del hogar. Sin ellas, no les quedaba más remedio que la fe y la paciencia. Tenían la esperanza de que algún día sus mujeres recapacitarían, volverían y se dedicarían a vivir una vida desconectada de la realidad. Esa era la respuesta, vivir ajenos al mundo. Ellos sólo querían vivir en paz. Nada más.

Esto fue lo que nos contaron los maridos, los hombres relegados a una pequeña cofradía en un supermercado que alguna vez perteneció a una gran cadena nacional.

La mitad de aquel enorme local estaba poblada de sillas, con una gran mesa que las precedía. En la pared, frente a las sillas y a la mesa, se ubicaba una pizarra en la que se podía leer en letras grandes:

COORDINADORA LIBERTARIA NACIONAL

SÓLO EN DIOS CREEMOS

La otra mitad del lugar lo ocupaban estanterías del supermercado, llenas de víveres, como si el supermercado estuviera en funcionamiento. En realidad se trataba de las reservas clandestinas.

Entre los productos pude ver exquisiteces tales como aceitunas, pasas, manzanas, anchoas, quesos importados, aceite de oliva, caviar, cereales, galletas de todo tipo, leche condensada, chocolates importados e incluso alimentos para gatos y perros.

Los amables hombres que nos recibieron y nos contaron sus infortunios, vestían de negro y llevaban sobre sus hombros suéteres del mismo color. Daban la impresión de haber sido gente que alguna vez tuvo dinero y dignidad, convertidos ahora en una suerte de espectros paranoicos y asustadizos.

Como ya se sabe, todos eran hombres. Quizá por eso miraban de un modo tan extraño a Rosita Candelaria. Sus rostros expresaban algo entre deseo, temor y odio. El ciudadano Carlos, que se había bajado con nosotros luego de comentar «los acompaño, no tengo mucho que hacer», se dio cuenta de las miradas y abrazó a Rosita Candelaria. Ella le mostró toda su hilera de dientes y recostó la cabeza de los hombros de aquel hombre pegado a una enorme panza.

—Nuestras mujeres nos llamaron cobardes —dijo el líder del grupo, refiriéndose a aquellas que los habían abandonado.

—¡Con razón, no joda! —se exaltó Alain—. Les estoy diciendo que me acompañen, que tenemos la oportunidad de recuperarlas, de atrapar al Gran Mentiroso y a todo su alto mando militar, que ahora mismo se encuentran muy borrachos y con poco personal militar, y ustedes se nos niegan y lo único que hacen es rumiar su reconcomio.

Al escuchar al viejo, me pregunté cuándo todo aquello se había convertido en una operación para secuestrar al Presidente y Sumo Sacerdote de la Nación. Yo sólo quería tomar por asalto el sitio, sacar a Teofilus Jones y más nada. Ahora resultaba que Alain hablaba de acabar con todos, de llevarse al Presidente y Gran Revolucionario yo no sé para qué y para dónde. ¿Sería Alain Charleori el hombre que nos libraría del Gran Mentiroso para siempre? ¿Sería él quién lo sacara de circulación? ¿Sería él nuestro Nuevo Héroe Nacional? Era todo muy loco, pero ya nada me importaba. Yo había pasado a alguna otra parte de la existencia, de mi existencia. Me sentía bien así y me divertía. Sí, me divertía ver cómo el líder de aquellos hombres se tomaba una de las mangas de su suéter negro y se la llevaba a la boca. Me divertían todos aquellos hombres que nos miraban desde sus bigoticos bien recortados y desde sus anteojos dorados. Y me divertía también el largo silencio que se hizo.

—Lo sentimos Alain —dijo por fin el líder—, ya no queremos meternos en más líos, lo que pasa es que ahora seguimos los preceptos de nuestra religión y...

—¿Pero y tus mujeres, coño? —lo interrumpió Alain.

—Dios proveerá, Alain. «Sólo en Dios creemos».

—¿Cómo puede ser tanta pendejada, coño, no joda?

—No diga tantas groserías, que Dios escucha —dijo el hombre—. Por cierto, dentro de media hora habrá misa. ¿Quisieran quedarse?

—¡Qué misa ni qué carajo!

—El cura Ignacio es muy bueno —siguió el líder como si nada—. Es uno de los curas más puros que hemos encontrado. A veces sale con algunas herejías cátaras y, de vez en cuando, habla de Heráclito y Changó, pero de resto, es excelente, muy puro, de verdad.

—¡Coño, no joda, marico...! —gritaba Alain mientras yo lo halaba hacia la salida.

—No hay nada qué hacer, viejo. Nada —le decía yo.

Cuando salimos, nos encontramos con un extraño que, recostado de la puerta trasera de la carroza fúnebre, fumaba un cigarrillo como sin ganas.

Alain dejó de batirse cuando lo vio. Nos acercamos. Prevenidos. Alertas.

Ya más cerca, el hombre me pareció fugazmente conocido.

—Jelou, les fue mal allá adentro, ¿no? —dijo con una sonrisa a media asta y con acento extranjero, anglosajón quizás.

—¿Quién es usted, qué quiere? —solté poniéndome frente a él. Alain me hacía compañía de un lado y el ciudadano Carlos y Rosita Candelaria del otro.

—Calma, *easy*, no hay por qué alterarse. Además, ya ustedes me conocen. Les salvé la vida hace poco.

Pude recordar quién era. Se trataba del piloto del helicóptero. Un hombre de pobladas cejas rojas y pecas que le chispeaban aquel rostro rubicundo, cuadrado, duro, poco amigable. Sus ojos eran grises, muertos. Tenía el desagradable aspecto de un Satanás rubio.

—¡Este es un maldito mercenario extranjero! —dijo Alain.

—Usted también lo es, Charleori. Mercenario y extranjero —dijo el hombre. No me pareció raro que el Satán rubio y Alain se conocieran. De pronto, esta situación también me pareció divertida. Encendí un cigarrillo.

—Sí, coño, soy extranjero, pero en ti no se puede confiar —gruñó Charleori.

—¿Quién confía en nosotros, viejo?

—Yo tengo mis amigos —espetó Alain; luego volteó hacia mí y me dijo—: Gómez, este tipejo no es de fiar, es un traidor. Su nombre es Boogie, y le dicen «el Aceitoso». Lo conocí hace muchos años en Colombia. Nuestra operación falló porque nos traicionó. Estábamos en unos negocios de armas con las Neo-ultra-FARC derechistas. La intención era cambiar drogas por fusiles. ¿Pero sabes qué hizo el hijo de puta éste? Fue y les contó a las Neo-ultra-FARC derechistas que éramos mercenarios de la CIA y del gobierno. Nos rodearon, nos echaron plomo, y él, mientras tanto, se fugó con la droga y las armas. Mataron a casi todos los nuestros. Yo escapé de vaina.

—Es un placer verte de nuevo, viejo carcamán —farfulló el Aceitoso. Alain quiso lanzarse sobre él, pero yo interpuse mi brazo.

—Tranquilo —dije y allí nos quedamos: Alain apretando la mandíbula y los puños cerrados, y yo aspirando mi cigarrillo.

El Aceitoso también aspiró, se dio su tiempo.

—Mis servicios pueden serles de mucha ayuda en estos momentos —dijo por fin—, como lo fueron cuando se encontraban en casa del carcamán. Tengo el helicóptero y algunos compañeros en camino. Hombres experimentados, fervientes trabajadores. Podría contactarlos rápidamente y organizar la toma del burdel. He escuchado lo que hablaron allá adentro (tengo micrófonos escondidos en lugares estratégicos de la ciudad) y sé muy bien qué hacer con el convoy de clones que está a las puertas del *Ora pro Nobis*. ¡Ah sí, sería hermoso tomar por asalto el burdel y capturar a su Presidente, a Lenín Chifa y a sus mamelucos!

—¿Mamelucos? —terció Alain—. ¿Qué carajos significa la palabra «mameluco»?

—Sí, mamelucos —respondió el Aceitoso—, me encanta esta palabra, siempre la uso. Algún día sabré lo qué significa.

—¡Qué mierda! —vociferó Alain y reanudó la acometida. Yo volví a interponer el brazo.

—Vayamos al grano y a lo que vine —cortó el Aceitoso—. En caso de aceptar mis servicios, requiero pago inmediato y en metálico. Ya me hartaron los favores de las puticas sagradas.

El Aceitoso le echó una mirada a Rosita Candelaria. Aunque ella no pertenecía al gremio sagrado, podía pensarse, por el aspecto, que lo era. La mujer, que entendió la indirecta, se sonrojó y le respondió con palabras atropelladas:

—Yo no soy una puta, señor, ¡más respeto!

—Así se habla, mi bella ciudadana —intervino Carlos—. ¡Respete a la señora, mister Aceitoso!

El ciudadano Carlos intentó sujetar por la cintura a Rosita Candelaria en gesto de apoyo. Ésta se le zafó.

—Yo respeto sus términos, ustedes los míos —siguió el Aceitoso—. No se mueve el helicóptero si no hay dinero. Así de simple.

Yo me pregunté de dónde carajos creía aquel mercenario de tira cómica que sacaríamos el dinero. Quizás esperaba que las sacerdotisas abrieran su caja fuerte. El sexo es sin duda un negocio lucrativo. Pero nada de esto valía la pena comentarlo en voz alta. Me limité a responder:

—Déjelo donde está —respondí.

—Vete al carajo —dijo Alain.

El hombre soltó una risita entre dientes y movió la cabeza hacia los lados.

—Como ustedes digan —replicó—. A mí no me interesa lo que les pase a ustedes ni a este país de pacotilla.

El Satanás rubio se separó de la carroza. Su vista estaba fija el piso.

—Shit —dijo como si estuviera un tanto inconforme, no mucho, con los resultados. Acto seguido alzó la cabeza y mirando hacia delante, nunca a nosotros, dijo—: No creo que nos veamos por un tiempo, por lo menos no hoy. Ah, y que quede claro: no sé si la próxima vez estaré de su lado.

—En ningún momento lo ha estado —señalé.

El hombre dio una última calada al cigarrillo, lo arrojó al piso, lo aplastó con el zapato, dio media vuelta y se marchó calle abajo. Luego cruzó en una esquina y desapareció.

Nos quedamos en silencio, esperando quizá que el Aceitoso volviera a aparecer, esta vez armado hasta los dientes y dispuesto a no dejar ni un átomo de nuestros cuerpos. Pero nada de eso sucedió.

—Carlos, vámonos de vuelta al *Ora Pro Nobis* —dije rompiendo aquella dimensión paralela en que el Aceitoso nos había metido.

—No hay problema, ciudadanos —dijo—, pero para que estén mas cómodos allá atrás, sugiero que esta vez la señora Rosita se venga conmigo adelante.

Rosita Candelaria, que ya había olvidado las palabras del Satanás rubio, abrazó la enorme panza del ciudadano y apoyó su moción de lo más sonriente.

Yo me encogí de hombros. Una explosión sonó en la distancia. No sé por qué pensé en un trueno. No, me dije, seguro es una explosión de alguna facción terrorista. En el país hacía años que no sonaban truenos.

—Como quieran —dije.

—¿Qué piensas hacer? —me preguntó Alain mientras nos disponíamos a entrar en la parte trasera del vehículo.

—No sé, improvisar.

Alain soltó una carcajada llena de emoción.

—¡Coño, por esa vaina es que me gusta este país! Todo el mundo improvisa, no joda.

Una vez que estuvimos adentro, el ciudadano Carlos asomó su cara, nos deseó feliz viaje y cerró la puerta. Afuera, me pareció escuchar un comentario apagado del ciudadano y una risita de la señora de Jones. Pensé que quizás íbamos a ser traicionados. Al final fue otra cosa, más terrena, más gozosa.

Así, después de un largo trecho, la camioneta se detuvo bruscamente.

—Esperen, ciudadanos, que hay algo de tráfico por causa de una alcabala —nos avisó la voz de Carlos.

Lucubré que, una vez frente a la alcabala militar, el ciudadano y Rosita Candelaria no aguantarían la cara de sospechosos y entonces ocurriría la traición. Esperamos, pero la camioneta siguió en su sitio y, de pronto, comenzó a sacudirse. Lo peor estaba sucediendo, pensé. Esto era lo que faltaba. Ahora un temblor, un terremoto sacudía nuestra pobre ciudad ya en ruinas.

Las dudas y temores se disiparon cuando empezamos a oír los grititos, gemidos y gruñidos de Rosita Candelaria y del ciudadano Carlos en la parte delantera del automóvil.

Pensé en mi amigo Teofilus y sentí pena por él. Me bajé de la camioneta. Fui hasta la ventana del conductor. Allí estaba Rosita Candelaria brincando sobre una enorme panza que inexplicablemente le producía un placer orgiástico. Carraspeé varias veces. No me escucharon. La entrega era total.

Me moví de nuevo a la parte trasera de la camioneta y le dije a Alain que nos fuéramos de allí a pie.

—¡No, coño, no joda! Todavía falta mucho para llegar al burdel —espetó el viejo.

Fue realmente un placer verlo sacar a trompadas al ciudadano Carlos, que estaba más preocupado por subirse lo pantalones que por lanzar golpes. El viejo Alain le dio y le dio hasta que lo hizo caer de nalgas sobre el pavimento (afortunadamente la panza le tapaba aquello que había usado para el goce). Rosita Candelaria intentó irse sobre el viejo, pero éste giró justo en el momento en que ella lo iba a atacar por la espalda. Alain gruñó y le mostró sus dientes amarillos y disparejos. La mujer se detuvo en seco. No era lo mismo apalear a los monjes terroristas que darle un sopapo al rufián de Alain Charleon.

Mi amigo belga se metió por el lado del conductor y yo lo hice por el lado del acompañante. Arrancamos.

Rosita Candelaria, en el marco de la ventana, chillona y llorosa, me pedía que por favor la perdonara, que no sabía porqué lo había hecho, que por favor no le contara nada a Teofilus, en caso tal que llegara a verlo.

—No se preocupe, doñita, el agente Teofilus no lo sabrá hoy, ni mañana. Pero sí a su debido momento.

Dejamos atrás a Rosita Candelaria y al ciudadano Carlos. Si les apetecía, que siguieran en lo suyo.

CAPÍTULO X

Aquí Jones narra el momento tan esperado
(por él) desde el principio de esta historia

—...gato encerrado —dije en la oscuridad, y ya iba a revelar las verdades, a poner al descubierto toda la conspiración, cuando una voz de mujer me interrumpió:

—Lenín, se lo llevan.

Y luego la voz de Chifa:

—Detengan a Jones y a la otra mujer.

Unas manos femeninas, que de inmediato supe protectoras, me halaron y mis pies se dejaron guiar en la oscuridad. Comenzamos a pasar entre los cuerpos. Escuché a Lenín Chifa que gritaba desesperado por primera vez en esta historia:

—¡Estúpidos, suéltennos! ¡Somos Chifa y su puta!

—¡Pasado! —gritó la mujer.

—¡No me jodas, Ana! ¡Atrapen al hombre!

Mi guía y yo atravesamos una puerta y comenzamos a caminar con mayor libertad. Bajamos unas escaleras y seguimos por otra puerta, luego otra y, finalmente, llegamos a un recinto sembrado de luces de velas.

Fue como entrar en un sueño, un sueño exquisito, sublime, irrealizable. En el medio de la sala había una gran cama y, rodeando la cama, un grupo de mujeres desnudas.

Había chiquitas, grandes, gruesas, gordas, larguiruchas, de senos grandes, de senos pequeños, de senos operados y durísimos, de pubis abundante, de pubis afeitado, de pubis angelical; caderonas, patizambas, paticortas, de piernas esculturales, de cabellos rizados, de cabellos lisos, cortos, duros, medusescos, sueltos, recogidos, peinados, despeinados; mulatas, morenas, orientales, blancas, rubias, insípidas, exóticas; con caras de putas, con caras de monjas lascivas, con caras de secretarias bonchonas, con caras de secretarias amargadas, con caras de beatas vírgenes, con caras de amas de casa cachondas, con caras de modelos de pasarela, con caras de quinceañeras calentorras, con caras de mosquitas muertas, con caras de policías perversas, con caras de enfermeras ansiolíticas, con caras de suegras detestables, con caras de trabajadoras de ministerio borrachas y a la caza, con caras de niñitas bien, con caras de tener cara de coger, coger y volver a coger.

Y todas se veían deliciosas, comestibles, de carnes turgentes y palpitantes. Sus pieles brillaban por el efecto de la luz y por los aceites aromáticos que las cubrían de pies a cabeza. Eran, sin duda, las sacerdotisas de Bastet.

Al parecer había llegado mi hora, la hora del harén que yo tantas veces había soñado entre mis manos y en mi cama mientras la desabrida Santa Rosita Candelaria de las Peluquerías dormía a mi lado.

Preocupado por la situación de afuera le pregunté a mi guía:

—¿Crees que este sea el mejor momento para...?

La divina Ángela, que ahora también se mostraba desnuda a mi lado, hermosísima, durísima, poderosísima, volteó a mirar al fondo de la habitación. Allí, sobre una mesa cubierta con una tela dorada, entre dos columnas egipcias, Hugo nos miraba. Parecía la estatua de un dios, o mejor aún, la encarnación de un dios muy antiguo.

—Sí, este es el momento —dijo Ángela en mi oído; entonces me acarició una nalga y me impulsó suavemente hacia la cama diciéndome—: El que siempre hemos esperado... tú, yo, todas.

Ángela y yo nos acostamos en la cama y las sacerdotisas se fueron acercando. Unas empezaron a desnudarme, otras a llenarme de besos en la boca, en la frente, en los ojos, en el cabello, en la barbilla, en el cuello, en las orejas, en las tetillas, en las costillas, en el ombligo, en los pelos del pubis, en el pene, en los testículos, en las piernas, en los dedos de los pies, en los dedos de las manos. Luego me dieron vuelta y me besaron la nuca, la espalda, las nalgas, los muslos, las plantas de los pies...

Yo era un cordero asándose en una vara, el cordero de sacrificio el que quita los pecados del mundo, pero feliz y con sonrisa de guasón, de santón, de muchachón, de gozón.

Me volvieron a girar y me volvieron a besar por todos mis rincones, mis recovecos, mis esquinas, mis oscuridades, mis periferias más olvidadas y centros más sensibles.

Una a una, fueron cabalgándome, al tiempo que las otras observaban y me acariciaban y me besaban y se besaban y se masturbaban y se tocaban insaciablemente.

Las divinas sacerdotisas habían arrancado las ventanas y las puertas y se habían deshecho de las llaves, de los goznes y los pernos. Nos encontrábamos en el medio de un gran casa llena de luz de luna y aire nocturno, fresco y sereno; allí estábamos, en medio de un bosque, en medio de la Edad Media, en todo el centro de la mitad del medio del ombligo del mundo. El cielo era nuestro techo, los árboles nuestras paredes y los ojos de mil animales nocturnos el brillo de las velas.

Éramos tiempo sagrado, eterno, inconmovible.

Éramos los locos de Bastet.

El momento se había consumado.

CAPÍTULO XI

De la lluvia

No sé por qué lo hicimos. Quizás porque estábamos desesperados, porque no teníamos plan y porque no quedaba otro remedio.

Apenas vimos el convoy, le ordené a Alain que acelerara. Pero ya él lo había hecho, ya había tomado la misma insensata y fenomenal decisión.

Cuando vimos que los soldados nos apuntaron, instintivamente nos agachamos. Escuchamos los impactos de las balas contra la carroza, los vidrios que se reventaban y el traqueteo oxidado de un motor que quizás nunca había pasado de los ochenta kilómetros por hora. Y luego, el gran impacto contra el convoy.

Allí, metidos en nuestra caja negra y aterciopelada, petrificados y adoloridos esperamos que vinieran a sacarnos, a golpearnos, a patearnos, a escupirnos, a torturarnos y a fusilarnos mil, dos mil, trescientas mil veces.

Las puertas estaban atoradas y tardaron en abrirlas. Cuando por fin lo hicieron, sentí el frío de un cañón en la nuca. Una mano áspera me sacó de la carroza.

Estaba fuera con Alain, que se encontraba en perfecto estado, pero tan amenazado por los fusiles como yo.

Algo iba a suceder, algo malo. Se les veía en las caras a los soldados clones y a sus oficiales. Se les notaba la impunidad y el mal gusto de la maldad.

Entonces la puerta de la juguetería se abrió y lo primero que vimos fue al Presidente y Sabio Supremo de la Nación, un ser humano como cualquiera que sufría de la picazón incontrolable de la curiosidad etílica.

Sí, el Presidente se había asomado con su vaso de whisky en la mano para ver qué carajos había pasado y para tomar el control de la situación, porque él, como Presidente y Sumo Sacerdote lo sabía todo y todo lo arreglaba.

—Con las buenas noches, mi capitán, ¿qué novedad tenemos? —preguntó el Presidente al primero que se encontró, que debía de ser un capitán.

El joven militar, ráfaga de ametralladora, explicó lo acontecido. El Presidente se acercó hasta nosotros, nos miró de pies a cabeza a cada uno, con detalle, como quien mira en un museo un cuadro moderno que no entiende y que se le antoja detestable.

—Conspiradores, cara a cara tengo a unos conspiradores. —Volteó a mirar a los lados, como buscando a alguien y entonces llamó—: Chifa, Chifa...

Lenín Chifa salió desde atrás. Ana, la traidora que me había entregado, iba tomada de su brazo. Era la única mujer entre todos. Ambos me miraron sonrientes. Cada uno de los extremos de sus caras, las comisuras de los labios, las puntas de los ojos, la punta de la nariz, la barbilla, las terminaciones de las cejas se mostraban filosos, cortantes.

—Gente «benigna», señor Presidente, no se preocupe —dijo Chifa.

—Si tú lo dices, Lenín, así debe de ser —dijo el Presidente. Acto seguido se echó un trago y se nos quedó mirando—. Bueno, haz lo que quieras con ellos.

Chifa afirmó con la cabeza y volteó hacia su subalterno.

—Capitán, proceda —ordenó y luego nos miró. Tenía los ojos mojados del contento de la maldad. Yo no tenía idea de lo que había pasado desde nuestra huida allá adentro, en el *Ora Pro Nobis*. Pero fuera lo que fuera, Chifa nos quería muertos. El Presidente, a su lado, sostenía el whisky y miraba todo con la amplia y boba sonrisa de quien está a punto de gozar del baile de una magnífica nudista.

El oficial dio a su vez una orden y fuimos llevados hacia la pared del edificio de enfrente. Un pelotón de soldados clones nos dio la cara a unos cuantos metros de distancia. Nos apuntaron. Sólo faltaba la orden del capitán.

Alain Charleori miraba a los soldados, sin pestañear, y yo lo miraba a él, tratando de fijar aquel momento final, por si acaso el recuerdo eterno existía. También miré por última vez a aquella mujer que me había hecho sentir tan bien y me había traicionado. «Por ellas, aunque mal paguen», pensé.

Hubo una explosión. Un fogonazo de luz. Un apagón.

Quizás había sido fusilado. Quizás estaba muerto.

Quizás aquel relámpago sólo existía en otra dimensión.

Quizás aquel trueno eran tambores del cielo tropical.

Quizás aquellas mujeres desnudas que empezaban a salir por la puerta de la juguetería eran seres celestiales (una de ellas se parecía muchísimo a Ángela y llevaba a un gato en los brazos, un gato idéntico a Hugo).

Quizás aquel Teofilus Jones que venía entre ellas, caminando también desnudo, lleno de una luz sobrenatural, era también un ángel.

«Teofilus está muerto», pensé y sonreí feliz de saber que un amigo me estaba dando la bienvenida. Porque en aquel momento pensé en Teofilus como un amigo, como un amigo reciente, pero de los que pocas veces se consiguen en la vida.

—¡Ya basta, por favor, basta! —gritó el ángel que se parecía a Ángela.

Todos los presentes voltearon a ver al batallón de exquisitas querubines. Las armas también voltearon. «Ilusos», pensé, «los ángeles no pueden ser asesinados».

Los seres celestiales se detuvieron frente al Presidente y a Chifa. Chifa sonrió y señaló por encima de los ángeles. Allá, al fondo, venían los monjes terroristas. Pero los monjes no apuntaron ni se fueron contra los ángeles; se quedaron allí, observando, arrobados ante la desnudez de aquellas entidades empíreas. Chifa dio orden de disparar, pero no hubo balas; todos estaban entregados a la contemplación de las carnalidades divinas.

Sonó otro trueno, brilló otro relámpago.

Vi entonces una masa compacta que se movía desde un flanco. Atravesando la oscuridad venían aproximándose los hombres con suéteres que habíamos visto en el antiguo supermercado. Eran cien, doscientos, trescientos, no sé. Sólo puedo decir que venían a paso firme y sus rostros estaban tensos. Se detuvieron y se quedaron mirando a los ángeles con rostros de melancolía infinita. Y allí, con los hombres con suéteres apostados de aquel lado, se formaba un gran círculo conformado por los ángeles, los monjes terroristas, los militares y nosotros. En el centro, Teofilus Jones, Chifa, Ángela y el Presidente.

Teofilus Jones señaló a Chifa y dijo:

—Tú eres el traidor.

Luego Teofilus volteó a mirar al Eminentísimo Líder. Sin más le soltó:

—Y tú, pobre pusilánime, estás loco, demasiado loco.

Vi a Lenín Chifa sacar su pistola. Apuntó por unos instantes a aquel Teofilus Jones bañado de luz. Todavía con el arma levantada, dio un par de zancadas hasta Ángela. Ya frente a ella, disparó.

Ángela cayó. El gato saltó sobre Chifa. Su rostro fue una máscara de angora. Dio unos traspiés. Se sacudía como un poseso. Luego vi al gato otra vez en el aire. Lo vi tocar el suelo con elegancia. Chifa se miraba las manos cubiertas de sangre. La sangre venía de las heridas de su rostro.

—¡Maldito gato! —gritó.

A esas alturas ya no me cabía duda: yo estaba vivo. Así que me separé de la pared y empecé a caminar sin ruta específica, viéndolo todo. El Presidente intentó agarrar al gato, pero el gato se coló entre sus piernas. Más allá, Teofilus Jones caminó hacia Ángela, se agachó, la tomó entre sus brazos y la contempló en silencio.

Entonces comenzó a llover. Con fuerza, con furia de mil dioses que despiertan para traer todos los juicios finales que han prometido desde que el hombre los inventó y les insufló vida propia.

A mí alrededor, los soldados clones miraron al cielo y dejaron caer sus armas. Empezaron a brincar, a bailar, a reír, a llorar.

Era la lluvia, la lluvia que les había faltado durante tanto tiempo, la lluvia que quizás habían llegado a olvidar, que los hacía sentir de nuevo como niños. La mismísima lluvia que luego trajo tragedias, inundaciones, deslaves y muerte. Pero en aquel momento era magia, bendición, milagro. Creo que en todos nosotros se instauró una falsa certidumbre, la extraña convicción de que el aguacero marcaba el fin de una época y anunciaba con bombos y platillos acuosos el inicio de otra mejor.

Llegué hasta donde se encontraba Chifa arrodillado viendo cómo el agua lavaba la sangre de sus manos. Me detuve frente a él. Cuando me vio, lo golpeé en el rostro. Chifa se tendió sobre el suelo y se encogió como un feto. Allí lo dejé y me fui tras el Presidente, que daba vueltas aquí y allá, lloriqueando, llamando al gato. Lo tomé de un brazo y le dije:

—Se acabó, esto se acabó.

El hombre me miró y no me miró.

—No. Se equivoca. Ahora vendrá lo bueno —dijo, y me pareció que me estaba hablando una voz que venía desde lejos, una voz sumida en la oscuridad de la locura.

Aquel orate alzó su mano y me señaló hacia un sitio. Yo volteé a mirar y vi a Teofilus, lleno de luz, doblado sobre el piso y con el cuerpo de Ángela en sus brazos. Teofilus alzó la mirada hacia el cielo y su rostro no expresaba dolor, ni rabia, ni ninguna pasión o sentimiento conocido. Su faz era sublime y también monstruosa, monstruosa por beatífica, por angelical, por lúcida y compasiva. Yo no tenía nada que hacer en ese momento junto a él. Yo no hubiera sabido compartir ese espacio y ese tiempo.

Volví mi atención hacia el conjunto. Por aquí y por allá saltaban los soldados, los monjes terroristas, los ángeles, la traidora, los oficiales, Alain Charleori, Homero, la imitadora de Yma Sumac y su enano bailarín.

Caminé hacia la mujer que me había traicionado. Ella bailaba, pero al notar mi presencia se detuvo, me miró y me dijo:

—Perdóname, si hay algo que quiero eres tú.

Yo sonreí y dije:

—A mí sólo me gusta Nino Bravo, no metas a Camilo Sesto en esta vaina.

Su rostro estaba bañado de lágrimas o de gotas de lluvia que eran como lágrimas. La abracé, la besé en los labios, la besé con la lengua, profunda, profusamente. Luego la solté, me alejé de ella y me fui a bailar junto a Alain Charleori, que yo no sé de dónde había sacado una botella y bebía del frasco copiosamente.

Alain, genio enloquecido de los bosques de Baco, no sabía de las fronteras entre lo sagrado y lo divino; sin más, me fue llevando hasta esa zona que yo había proscrito para mí mismo, allí donde se encontraban Teofilus y Ángela. Una vez en el sitio se detuvo. Juntos y en silencio contemplamos aquella manifestación de una pietá descuiciada, empapada del llanto celeste...

Ahora es diferente.

Ahora estamos lejos.

Y el sol brilla sobre el mar.

CAPÍTULO XII

¿El fin?

¡Hay que salir al sol!

Fito Páez

Vuelvo al presente y me pregunto si será tan distinto al presente en que todo comenzó.

Estoy sentado bajo una Uva de playa, frente al mar Caribe. ¿Seremos acaso los ilustres exiliados de nuestra lucha, catarro común de nuestro tiempo? ¿Podemos darnos este adjetivo humano, demasiado humano de tan gastado, manido y llorado? ¿Seremos un nuevo fin que comienza, un vórtice lejano, una cola que se muerde en la muerte, que se enrolla y no termina de morir, un espiral de mil rizos que gira en la nebulosa de la desesperanza, una retorno incorregible lleno de tachaduras, un sueño en medio de la tempestad, una calma chicha, un respiro en la caída, un desmayo sanador? ¿De verdad la historia no retrocede? ¿De verdad es como un río, que va hacia delante, siempre hacia delante, siempre con aguas distintas?

¿Estamos dormidos? ¿Por fin despertamos? ¿Volveremos a sumirnos en la inopia del mal?

Ahora el gran tramoyista ha montado una trampa nueva, sutil y genial. Ahora Lenín Chifa juega a ser el Gran Oponente, el Enemigo Mayor. El Presidente lo llama traidor en público, y los rebeldes de Chifa reptan por las cloacas-catacumbas contando mi historia, convirtiéndome en el Cristo de una rebelión mística. Por las noches, Chifa, con la cara atravesada de cicatrices, abraza al Presidente en el

Ora Pro Nobis. En torno a ellos, las putas sagradas guardan silencio. Ya hay demasiadas en el gobierno, ya son parte de la nomenclatura inservible y servicial. Siguen todas allá, viviendo del gran burdel del poder.

Los pusilánimes con suéter vuelven a respirar aires de resistencia soberana, se inflaman de odio, arden en las esquinas junto a los monjes terroristas y los nuevos falsos acólitos de Chifa. Otra vez se ha puesto de moda estar en contra del gobierno. No saben los ilusos que apenas se trata del refuerzo a la mentira, del equilibrio necesario, del placebo que les hace creer que están vivos.

El Presidente, poseído por la locura del poder, proclama desde los televisores mi inexistencia, la falsedad de los hechos, muestra el gato, lo acaricia (es otro gato, lo sé), lo besa para demostrar que hasta el felino está con él.

—Nunca ocurrió esa historia que mientan —proclama a los cuatros vientos.

La gente no puede contradecirlo. Las lluvias manipulan el olvido. Es como si nada hubiera pasado.

Pero yo tengo recuerdos. Yo no olvido.

Yo sé qué fue de la vida de Santa Rosita Candelaria de las Peluquerías. Gómez me contó la vergonzosa escena de la carroza. No sentí nada. Me dio igual conocer su infidelidad. Hace mucho que dejé de querer a esa serpiente incontenible. En este momento debe estar acostada sobre la tapa de una urna, sonriente y desnuda, maja mortuoria y lasciva. Santa Rosita Candelaria de los Funerarias. Ahora sí estalla en ganas, ahora sí lleva la líbido en alto; la panza la excita. Posiblemente beba cerveza y muerda con sus enormes dientes de yegua un pedazo de carne a la parilla preparada por el ciudadano Carlos, supremo acto de seducción para el ciudadano: carne y cerveza. Más nada. Son tan para cual: ella tiene dos enormes tetas, él, una inmensa barriga. Los volúmenes y las curvas son sinónimos de felicidad. Ahí están. Míralos. La funeraria y los cenotafios son testigos de su goce. Al fondo está la carroza chocada. El ciudadano logró sacarla de la escena del conflicto unas horas después que amainó el aguacero. El caos que produjo la vuelta de las lluvias le permitió actuar libremente.

A Rosita Candelaria la interrogaron, él se escondió en su patio. Ella regresó cuando nadie la veía, él dejó la sillita y tuvieron sexo sobre una urna, junto a los cirios y las coronas marchitas.

Están seguros, confiados. Nadie recuerda qué vehículo chocó contra el convoy; no se sabe si fue un camión 350, una vieja patrulla de policía o un autobús escolar. Nadie recuerda nada. La lluvia. La lluvia borra los recuerdos de todos... Menos los míos, porque yo estoy aquí, a la orilla del mar. Tengo recuerdos y tengo preguntas:

¿Qué tuve que ver con todo aquello?

¿Ahora soy mejor o peor?

¿Soy un valiente o un cobarde?

¿De verdad estuve enamorado de Ángela?

¿Ya no soy un clon? ¿Dejé de serlo?

¿Qué ha sido de mi luz? Mi luz, esa extraña luz que tuve aquella noche.

Sólo sé que ya no soy aquel Teofilus Jones de odio agazapado en el fondo de sus ojos. Soy otro. Tan absurdo como el anterior, eso sí, pero ahora lejano, agotado, descreído. No hay certezas, no hay seguridad. El engaño es mayor. Ahora el juego es más complejo. No hay malos, no hay buenos y nosotros estamos en el medio. Solos, completamente solos con nuestra conciencia. O con nuestra indiferencia.

Aquí estoy, lejos de todo, hasta lejos de mí.

¿Qué te puedo decir? Yo sólo quiero salir al sol y cantar algunas canciones que me sé. Yo sólo quiero que me dejen en paz.

A lo mejor me equivoco, ¿por qué no? Pero todos tenemos ese derecho. O eso creo yo.

A lo lejos, Alain, botella en la mano, brinda con Gómez por la vida beoda. Luego ambos me saludan y se echan a reír. Yo también río. Desde que nos fugamos a esta isla, no hemos hecho más que beber a la orilla del mar. Aquí estamos tan a salvo como Rosita y Carlos en su patio. Así debería ser. No somos políticos, no somos intelectuales. Somos, simplemente, humanos. Quizás clones. Clones de la libertad, pero de la verdadera, de la que vale la pena.

Así que... aquí me tienes, aquí estoy, así soy.

Es cierto que los hombres piensan en masa; y se comprobará que enloquecen en masa , pero sólo recuperan la cordura lentamente y de uno en uno.

Charles Mackay